メディアワークス文庫

# 宮廷医の娘2

冬馬 倫

# 目　次

# 四章　右腕の記憶

中原国《なかはらこく》の散夢宮、その一角にある東宮御所は極楽浄土のような場所だった。それら豪華な施設はし贅《ぜい》を尽くして作った建築物、至る所に庭園が配置されている。東宮御所だけでも数百人の女官や宦官《かんがん》がおり、彼らがしっかりと管理され、埃《ほこり》ひとつない。

信じられないことだが、庭園の池にいる鯉《こい》に餌を撒《ま》くだけの役職も存在する。それだけこの中原国の財政は豊かということだが、香蘭《こうらん》のような庶民に限りなく近いものから見れば無駄に見える。

「血税の使い道としては下策中の下策ですね」

正直な感想を口にすると、それを聞いていた女官仲間の李志温《りしおん》がくすくすと笑う。

「庶民の代表みたいな口ぶりだけど、あなたも貴族でしょう」

「貴族ではありますが、市井《しせい》に根付いた家です」

「なるほど、まあ、でも、そんな綺麗《きれい》な格好をして言ったら説得力がないわよ」

「…………」

己の姿を改めてみる。李志温の言っていることには説得力がある。たしかに今の香蘭は華美に満ちた格好をしていた。しかし、それは香蘭の本意ではない。

香蘭は東宮御所の宮廷医なのだ。一二品の位階を賜《たまわ》っており、あまり小汚い格好はできない。いや、香蘭自身はどうでもいいと思っているのだが、母親が許してくれないのだ。そのように弁明すると李志温は、「大変ね」と笑ってくれた。

「ところで香蘭、そのように黄昏《たそが》れていていいの？　貴妃様の病を診《み》に行っていたんじゃ」

「ああ、それですか。それならばもう解決しました」

「あらまあ、ほんと？」

目を丸くする李志温。

「本当ですとも」

「あの貴妃様のにきびは相当だと聞いたけど」

「たしかに酷《ひど》かったですね。しかし、わたしには秘薬があります。抗生物質といって、皮膚表面のアクネ菌を除去する薬を持っているのです」

「あくねきん？」

不思議そうな顔をする志温。それも仕方ない。この国のものに細菌という概念はない。それに志温はただの女官、尚更《なおさら》知識が乏しいはずだ。

「アクネ菌というのは人の皮膚に存在する病気の元でしょうか。これが異常繁殖するとにきびになるのです」

「心労じゃなかったのね」

「体質もありますが、心労の要素のほうが大きい。心が弱れば身体《からだ》も弱りますから」

「あの貴妃様は後宮の人間関係に悩んでいたものね」

「おそらくはそのせいかと。抗生物質で一時的にアクネ菌は除去できても根絶は不可能。アクネ菌は常在菌ですから。おそらく、また再発しましょう」

「可哀想《かわいそう》に。あばた顔じゃなければ東宮様のお渡りもあるかもしれないのに」

「…………」

香蘭は沈黙する。酷い物言いに呆《あき》れているのではなく、お渡りの部分に反応したのだ。この東宮御所の主の劉淵《りゆうえん》は後宮の美姫《びき》たちをいくらでも愛《め》でることができる。だが、もしも貴妃のお肌が綺麗になっても彼が貴妃の館を訪れることはないだろう。なぜならば東宮には心に決めた女性がいるからだ。それに彼は女性にとても淡泊だった。貴妃の館で愛を語り合うよりも、国を思う賢者たちと語り合うことに重きをおくのだ。そのことを話すと、志温は己の腰に手を当て、溜《た》め息《いき》を漏らす。

「ほんと、困っちゃうわよね。このままじゃ皇統が途絶えてしまうわ」

「東宮様はまだお若い。なんら政治的な識見もなく、欲望過多な方が皇帝位を継ぐよりは遙《はる》かにいいでしょう」

「まあね、少なくとも民は幸せでしょうね」

「そういうことです。さて、にきび問題も解決しましたし、わたしはそろそろ」

「あ、待って、にきび薬、わたしにも分けてよ」

香蘭はにこやかに薬を分け与える。この娘にはなにかと世話になっているからだ。薬を受け取った志温はほくほく顔であるが、とある疑問に気が付く。

「ところでそんなに急いでどこへ行くの？　あと、時折、御所を抜け出すけどどこに行っているの？」

「ああ、言っていませんでしたか。わたしは職場をふたつ持っているのです」

「出稼ぎ？」

「似たようなものですね。宮廷医見習いをしながら、師の診療所で働かせて頂いています」

「へえ、大変ね。ちなみにその診療所はどこにあるの？」

「貧民街です」

そう答えると志温は目を丸くさせる。お嬢様育ちの彼女には縁がない場所だった。

「そんなところで東宮様の宮廷医を働かせるなんてとんでもない医者ね、名前はなんていうの？」

ずけずけと物を言うが、悪気はないようだ。そのことをよく知っていた香蘭は軽く笑うと師の名前を口にした。

「――白蓮《びゃくれん》、神医《しんい》白蓮、それがわたしの師の名前です」

香蘭は誇らしげに師の名を口にすると、颯爽《さっそう》と貧民街へ向かった。

†

中原国という国がある。

範《はん》民族という偉大な民族が作り上げた王朝。この大陸に古くから存在する中央集権国家。一時期はこの大陸の半分を支配する強大な帝国であったが、今は往事の面影はない。北方で興った北胡《ほっこ》に国土の北半分を奪われて以来、精彩を欠いており、文化的影響力も軍事的影響力も衰えていた。

――ただそれでもこの大陸で一番の強国であることに変わりはないが。

首都は絹や黄金で溢《あふ》れ、地方都市にも穀物は行き渡っていた。南方の潤沢な農工業生産力は十分、国家国民を支えていた。あるいはその経済力は歴代王朝でも屈指かも知れない。

それほどにこの中原国は豊かであった。

その豊かさの根拠のひとつに中原国の〝医療水準〟があった。

周辺の国、北胡、西戎《せいじゅう》、南蛮《なんばん》、東夷《とうい》は、いまだ医療という概念が乏しい。医者は存在するが、それよりも祈禱師《きとうし》や呪い師《まじな》が幅をきかせているのだ。範方薬《はんぽうやく》は普及しているが、外科的手法などは「邪道」とされ、忌避されていた。高貴なものの前で短刀《メス》を取り出そうものなら、その場で手打ちにされる。藪医者とは名乗ったもの勝ちであり、藪医者《やぶいしゃ》が堂々と看板を出して治療をしている。藪医者とは「薬」をその辺の藪《やぶ》からつんでくるいい加減な医者という意味だが、その語源通りの医療行為を行っているのだ。

それくらい医術が立ち後れていた。一方、中原国には「医道」という概念があった。

「医道科挙」と呼ばれる制度があり、国中から優秀な人材を集めていた。

国から許可を得たものしか医療行為を行えない先進的な体制、それは大陸でも随一であり、周辺諸国からも羨望の眼差《まなざ》しを受けているのだが、この国で、いや、この世界で一番の名医はその意見に反対のようだ。

黒衣を纏《まと》った医者はこう公言して憚《はばか》らない。

「この国の医療が先進的だと言うのは、まさしく鳥無き里の蝙蝠《こうもり》的な発言だな」

黒衣を着た男、白蓮は断言する。

弟子の香蘭は師である白蓮のその人格は信頼していなかったが、その腕は信用していたので、その言葉に賛同する。この国の医道を凌駕《りょうが》する〝西洋医療〟それを施すことのできる白蓮に惹《ひ》かれ、彼の弟子となったのだ。その言葉には納得以外のなにものもない。

実際、白蓮の医術は凄《すさ》まじい。彼の弟子になって以来、その技倆《ぎりょう》には驚かされっぱなしであった。

彼との出逢《であ》いとなった〝開頭手術〟を思い出す。彼は脳出血を起こした少年の頭を切りひらき、溜《た》まっていた血栓を抜き出したのだ。この国にも麻酔はあるが、人間の頭蓋骨を開く医者などひとりもいない。そんなことをすれば患者は死ぬという認識を持っていた。しかし、白蓮は気にすることなく、少年の頭蓋骨に螺線器具《ドリル》で穴を開けた。白蓮は見事、少年の頭部に穴を開けると、そこから血栓を抜き出した。少年は意識を回復し、なんの障害も残らずに今も健康的に生活している。もしも同じことをこの国の医者がやれば、脳に重大な障害を残すか、あるいは頭を腐らせ、死に至らしめたことだろう。

このような手術を行えるのは中原国でも白蓮だけだった。

また彼はとある商家の娘の火傷《やけど》の手術もした。本人は「美容整形は嫌いだ」と、公言しているが、その腕前はまさに神業だった。醜くただれた娘の顔をたったの数十日で元通りにして見せたのだ。いや、それだけでなく、娘の心の底に溜まっていた澱《おり》も同時に取り除いた。

香蘭の祖父いわく、「本当に優秀な医者は、患者の身体だけでなく、心まで治療する」という。その言葉が真実ならば白蓮はとても優秀な医者だった。

「――さすが神医と呼ばれるだけはある」

師匠の異名を口にする。その呼称は白蓮の二つ名である。貧民街で診療所を開く前からその呼称で呼ばれていたらしいが、その呼び名を考えたものは慧眼《けいがん》である。白蓮の神のような腕前はそう呼称するしかなく、他に適当な言葉がないのだ。もっとも、当の本人はその呼び名がお気に召さないようだが。

「神などと呼称されても嬉《うれ》しくない。どのような病気も治ると勘違いされる」

「白蓮殿はどのような病気も治してきたではありませんか」

「過大な評価は迷惑だ。成功し続けているうちはいいが、一度でも失敗すれば手のひらを返してくるからな」

遠くを見つめる白蓮。もしかしたら過大な評価というやつで痛い目に遭ったことがあるのかもしれない。白蓮はかつてこの国の宮廷医をしていたというし、その前の職場でも厭《いや》な思い出しかないらしい。医者になってからは心地よい眠りを得たことが一度もないと嘆いていた。

白蓮はこの国ではない〝どこか〟からやってきたらしいが、ここに落ち着くまで苦労に苦労を重ねたことは明白だった。その苦労が彼の人格を形成したのだろうか。

香蘭は白蓮の過去に思いを馳《は》せるが、香蘭の思考を邪魔する音が木霊《こだま》する。白蓮診療所の戸は乱暴に叩《たた》かれたのだ。

「いったい、こんな時間に誰だろう……」

窓の外を見る。すでに日は沈み、夜更けになっていた。診療の受付時間はとっくに過ぎているが……。そのように漏らすと白蓮は苦笑する。

「そういえばおまえにはあまり当直をさせてこなかったかな」

「はい。未熟者ゆえに任せてもらえませんでした」

「だな。多少は成長したから、任せるようになったが、これが我が診療所の日常だ」

「と申しますと？」

「診療時間外に押し掛けてくることなど、しょっちゅうだ。当直医が平穏に眠れるなんて有り得ないんだよ」

「なるほど……」

言葉尻が下がったのは当直医の困難を嘆いているのではない。白蓮の苦労を思い計っているのだ。香蘭がくる前、この診療所を助手の陸晋《りくしん》とふたりで運営していた苦労は想像に難くない。

香蘭の実家である陽《よう》診療所が二〇人近いものたちで運営されていることを考えると、その違いは明白であった。ただ、これに関しては白蓮の人嫌いも災いしているのだが。

彼は自分の気に入った人間しか雇わない主義なのである。ということは目の前にいる陸晋少年、彼のことは気に入っているということになるが。

「まあ、当たり前か」

夜更けに叩《たた》き起《お》こされようとも、厭な顔ひとつせず、身だしなみもきっちりしており、立ち居振る舞いに善良さが滲《にじ》み出《で》ている。要は陸晋少年はこの診療所でも一番の人格者なのだ。そのような人間を嫌うものなどいない。

むしろ、このような出来た少年が、白蓮殿に仕えているほうが不思議だ――。

心の中で本音というか、長年の疑問を口にする。陸晋少年は香蘭の先輩にあたる少年だが、どのような経緯でこの診療所にやってきたのかは知らない。医療を学んではいるようだが、医道科挙を受けるつもりはないようで。その辺は立ち入ったことでもあるし、本人も語ることはないので聞いていないが。ただ、一度、なぜ、少年のような善人が白蓮に愛想を尽かさないのか、聞いてみたくはある。

そんな不埒《ふらち》な考えを持ちながら、陸晋少年の動きを見る。彼は蠟燭《ろうそく》台を玄関の靴入れの上に置くと、扉越しに尋ねる。

「どなたでございましょうか」

十中八九、患者であるが、盗賊という可能性もある。それに役人の手入れの可能性も。もしもそうならば陸晋少年は主を護《まも》るために最適な行動をすることだろう。しかし、少年の手腕を見ることは出来なかった。なぜならば扉越しにいたものが患者だったからである。

扉の奥からは悲痛な声が聞こえた。

「夜分遅くにすみません。ですが、どうかお助けください。酒家で喧嘩《けんか》がおきまして、仲間が牛刀で腕を斬られたのです。今にも千切れ落ちそうなのです」

覗《のぞ》き窓から見ると、仲間ふたりが血だらけの男を支えていた。その尋常ならざる光景を緊急事態と判断した陸晋少年は、素早く扉を開けると、腕を切られた男の介抱をする。人手が必要だと思ったのだ。

香蘭は陸晋少年を補佐するように動く。陸晋少年が負傷したものの仲間たちから事情を聞いている間に、香蘭は負傷者の容態を確認した。不衛生な布で止血されていたので、それを取り払うと傷口を見る。

ぱっくりと開いた傷口、肉がえぐられ、骨まで見える。その傷を見た瞬間、香蘭は負傷者の死を想起した。

（……これは助からない）

香蘭の実家である陽診療所にも同じような傷を持った患者がやってくることがあった。このような傷を負ったものは皆、死ぬか、腕を切り落とすかの二択であった。香蘭の父親はこのような患者がきた場合、腕を切り落とすことを選択していたはずだ。それで助かるとは限らないが、少なくとも腕が壊死《えし》し、身体に毒が回ることは防げた。

香蘭は陸普少年に鋸《のこぎり》を持ってくるように頼む。香蘭の見立てではそれしか方法がないように思われたし、実際にそれしか方法はなかった。

患者の仲間もそれを察したのだろう。「やはり切るしかないよな……」と、うなだれる。皆、観念したが、当の患者は必死で抵抗する。

「い、厭だ！　腕だけは切り落とさないでくれ。もうじき、子供が生まれるんだ。この腕で子供を抱きたい！」

そのような懇願をされれば香蘭としても情が湧いてしまう。なんとか腕を切り落とさずに治療できないか考えてしまうが、その考えは即座に振り払う。

(駄目だ、そのような仏心を持ってしまえば、患者の命を奪うことになる)

誰だって己の腕を失うのは厭だ。腕を失えばもはやかつての日常は戻ってこない。家族にも多大な迷惑を掛けるし、場合によっては物乞いに零落してしまうこともある。しかしだからといってここで腕を切り落とすのを躊躇《ためら》えば、この患者は物乞いさえできなくなる。死はすべての可能性を奪うのだ。

香蘭は心を鬼にして陸普少年に鋸を消毒するように命じるが、その命令は黒衣の男によって遮られた。

「当直医はおまえだから口を出さずにいようと思ったが、もしかしてそいつの腕を切り取るつもりか？」

「はい。他に方法はありません。この傷口です。腕を切り落とさなければ壊死し、死に繋《つな》がるでしょう」

「なるほど、間違いではないが、俺ならばそんなことはしないな」

「なぜです。患者の命が惜しくないのですか」

「もちろん、惜しいとも。しかし、鋸で人の腕をちょん切るのは案外面倒くさい。それに腕を切り落としたあとはしばらく、手羽先や骨髄系の料理を食えなくなる。陸晋の骨髄料理は絶品だ」

「そのようなことで切る切らないの判断をするのですか」

「そのようなことで判断するのだよ」

怒りをあらわにする香蘭であったが、我が師がへそ曲がりにして天《あま》の邪鬼《じゃく》であることを思い出す。そのような物言いをするということは、腕を切り落とさなくてもいい治療法を知っているのだろう。指摘すると白蓮は不敵な笑みを漏らす。

「ほう、気がついたか。さすがに付き合いが長いだけはある」

まだ半年も師弟関係を続けていないが、人間関係が希薄な師にとって香蘭は付き合いが長いほうに含まれるのだろう。その寂寥《せきりょう》感漂う生き方に疑問を持つが、今はそれを指摘すべきときではない。香蘭は問うた。

「この男の血管は牛刀によってズタズタです。腕を縫合したところで壊死するのは目に見えている」

「そうだな。しかし、人工的に血管を造り出すことができるとしたら？」

「まさか、そんな――」

言葉を途中で飲んだのは、この男が神懸《かみが》かった技術を持っていること思い出したからだ。頭蓋骨に穴を開け、火傷の皮膚を移植する。死病とされていた梅毒も〝ペニシリン〟なる妙薬で回復させる。白蓮ならば人工的に血管を作り出すことくらい造作もないのだろう。

師の人格はともかく、技倆は信用していた香蘭は、鋸でなく短刀の用意をする。麻酔薬と輸血の用意を始める。その迅速で冷静な判断を見た白蓮は、にやりと口元を歪《ゆが》める。

「なかなかに手際がいいではないか、我が弟子は」

上から目線の言葉であるが、これでも白蓮にしては珍しく褒めているようだ。

白蓮が人を褒めることなど滅多にない。気まぐれで人を褒めようものならば、陸晋少年が慌てて洗濯物を取り込みに行くくらいだった。白蓮が人を褒めると雨が降る、という誤謬《ごびゅう》に満ちた法則が成立してしまっているのだ。目を丸くする陸晋少年だが、それでも今が火急の事態だと分かっているのだろう。黙って香蘭の手伝いをしてくれた。

ふたりの助手によって粛々と整えられる手術の準備。白蓮は簞笥《たんす》から黒衣を取り出し着替える。先ほどと同じ衣裳《いしょう》であったが、洗い立ての清潔なものであった。白蓮診療所には不潔な手術着など存在しないのだ。

衛生管理こそが外科的手術の基本、という教えが浸透していた。白衣は香蘭が洗濯し、陸晋少年がしわを伸ばし、白蓮が袖を通すという構図が出来上がっていた。

白蓮の黒衣姿は戦場に旅立つ直前の将軍のように勇壮であり、凜々《りり》しかった。色々と意地の悪い師匠であるが、この瞬間を見ると心強く思ってしまう。

香蘭はそんな感想を抱きながら、彼の両手を消毒した。

†

牛刀で右腕を斬られた男の手術が始まる。

男は重傷だった。傷の一部は骨に達しており、血管もずたずただ。

普通の医者であれば腕は諦め、即座に切り落としに掛かるところであったが、白蓮はそのようなことはしないという。

「この国の医者はすぐに切りたがる。しかし、真《まこと》にいい医者とは切り落とすべきものと切り落とさないものを区別できるものだ」

そう言い切ると人工的な血管というものを見せてくれる。

明らかに人間の血管ではなかったが、血管としての機能は持っていると思われる形状をしている。これをずたずたになった血管と血管を繋ぐ迂回路《うかいろ》にするのだそうな。「迂回路《バイパス》——意味は分かるか？」白蓮は鉗子《かんし》の先でバイパスを摑《つか》むと問うてきた。香蘭は「おおよそは」と返す。

白蓮という神医は〝西洋医術〟なる神仙術にも例えられる医術を使いこなす。この国にはない進んだ技術と知識を持っているのだ。それらを行使する際、時折、意味不明な言葉を使うことがあるが、香蘭は一々尋ねないようにしていた。ひとつひとつ尋ねていたら時間がいくらあっても足りない。白蓮も手間のはずだ。白蓮の口と手はそのようなことを説明するためにあるのではなく、命の危機に瀕《ひん》している患者のためにある。香蘭はそう思い西洋医術の専門用語を前後の文脈から判断するようにしていた。

この〝バイパス〟なる用語も白蓮の書き記した書物から、おおよその意味を把握していた。彼は「バイパス」を「迂回路」と表記していた。血管を迂回させるために用いるのだろう。

「ずたぼろになった血管の代わりに人工的な血管を敷設するんですよね？」

香蘭が推察を述べると、白蓮は香蘭を褒めそやす。

「ほう、分かるか。まだ教えていなかったはずだが」

「奇想天外な師のもとにいると、奇想天外な発想を持つようになるのです」

「蛙《かえる》の子は蛙か」

白蓮はそう嘯《うそぶ》くと、傷口を消毒し、人工血管を埋めていく。一分の遅滞や乱れもない動きだった。その技倆にはいつも圧倒される。香蘭は白蓮の手の動き、視線を余さず観察する。師の技術を盗もうと集中力を高める。無論、手術の助手としての役割も忘れないが。

その貪欲な様を白蓮は「コマ遊びに夢中になる童」と表したことがあるが、気にしない。どのように馬鹿にされてもそれで技術が身に付くのならば安いものだった。師の貴重な手腕を覗《のぞ》き見《み》ながら、師の要望する手術器具を渡す。その姿を当の師はこう思っていた。

（なんという集中力だ――）

手術のたびに動きをじっと観察する香蘭。最初はその姿を揶揄《やゆ》したものだが、彼女はただ観察するのではなく、見た技術を己のものとしていた。無論、見ただけで完全に再現は出来ないだろうが、数年後には香蘭もこのバイパス手術を行うことが出来るだろう。それくらいに物覚えが早く、吸収力に富んでいた。

（俺が医大に行って、研修医として馬車馬のように働かされて、勤務医として血へどを吐いて身に付けた技術をたったの数年で修めようとしている……）

正直、その才能に嫉妬を覚えてしまうこともあるが、それでも白蓮は香蘭に技術を見せることを躊躇わなかった。自分の後継者にしようとか、人助けのため、とか、そういった俗な考えからではない。

目の前の少女が、この少女が、どこまで高みを目指せるのか、興味があったのだ。

この娘、香蘭はきっと高みを目指せる。どこまでも昇っていく。そんな予感を覚えた。

ただ、このような逸材が宮廷医を目指すことには違和感を覚えるが。香蘭は将来、医道科挙に合格し、宮廷医を目指しているのだ。宮廷の医者になることによってこの国の医療を根本的から改革したいのだという。かつて祖父が中途で挫折したことを自分が代わりに成し遂げたいのだろう。その志は賞賛に値したが、宮廷がどのような場所か知っているものからしてみれば、「愚か」と言うほかない。

香蘭が目指す「宮廷」とはそのような立派な志が通用するような場所ではないのだ。

白蓮は心の中で吐息を漏らすが、それでも手術に影響させることなく、完了し終える。

数時間ほど掛かった大手術であったが、なんの問題もなく終えることができた。


——香蘭は白蓮にねぎらいの言葉を掛け、冷たい茶を持ってきてくれる。その有り難い配慮を受け取ると応接間にある椅子に腰を掛ける。強烈な睡魔が襲ってくるが、それに身を委ねようとしたとき、古びた人形が視界に入る。この診療所ができる前から所有していた人形だ。五年ほど前、ある男から貰ったものであるが、妙に気に入り、手元に置いていた。

男の形見でもある出来の悪い人形を見つめる。

その人形を貰った日のことが頭にぼんやり浮かぶが、あれから五年も経過していることに気が付く。自分も歳《とし》を取るはずだ。そんな感想が漏れ出るが、五年という数字が妙に頭の中に響く。

五年前、父を亡くし、悲嘆に暮れる少年は言った。

「――五年後……、必ず恩返しに参ります。必ず治療費を支払いに参ります」

まだあどけなさの残る少年はそう明言していた。あのときの気迫、瞳に虚偽は一切なかった。もしもまだ少年が生きていれば、そろそろやってきてもいい頃だが……。

「感傷的になっているな。弟子の情熱に当てられたか……」

もしくは五年前と同じような手術をしたからだろうか。

最後にそう考察すると、そのまま目をつむる。寝所に行くのも億劫《おっくう》だったのだ。

誰かが毛布を掛けてくれているのだろう。ふわりと温かい物に包まれるが、どちらが掛けてくれたかまでは確認せず、眠りに落ちる。そのまま昼頃まで泥のように眠り続けた。

翌朝、香蘭は朝日とともに目覚める。昨日は白蓮と深夜まで手術にあたっていたが、香蘭は師のように神経はすり減らしていない。また白蓮よりも若く、体力があった。朝日を顔に受けると自然と目を覚ましてしまうのだ。

陽光を受けた香蘭は、背伸びをし、身体を目覚めさせる。そのままてきぱきと身支度を始める。

当直用に持ってきた着物は、飾り気のない地味な衣服であるが、ここは後宮ではない。地味な木綿な服を着ていても馬鹿にされる心配はなかった。——もっとも馬鹿にされたところでなんとも思わないが。

母親いわく、自分は女に生まれてきたのがそもそもの間違いなのだそうな。飾り立てるとか、美しくなるということに無頓着すぎる、と叱られる。たしかにその通りなのでなんの反論もできない。母親が呆れるほど質素な着物を揺らしながら、宿舎から診療所に向かうと陸普少年と出会う。どうやら朝一番の掃除をするようだ。まったく、働きものの少年である。

「おはよう、陸普」

そう声をかけると丁重に頭を下げ、返事をくれる。

「おはようございます。香蘭さん」

陸普のほうが先輩なのだが、彼は終始、香蘭を年長者として扱ってくれた。どのようなときも敬語で話し、「香蘭さん」と呼んでくれる。香蘭としては「香蘭、陸普」と呼び合うような関係になりたいのだが、彼は生来の節度でそれを拒む。

「長幼の序は大切です。子、曰《のたま》わく、弟子、入りては即《すなわ》ち孝、出《い》でては則ち悌《てい》、謹《つつし》みて信、汎《ひろ》く衆を愛して仁に親しみ、行いて余力有らば、則ち以《も》って文を学べ」

難しい言葉を諳《そら》んじる陸普少年。意味は年長者を敬うべきだというものだ。彼の頭の良さと教養は一目置くところがある。彼のように熱心に勉学に励み、賢くなりたいものだ。そのように思いながらもうひとつ、箒《ほうき》を持ってくる。

「また掃除をされるつもりですか？」

「そのつもりだが」

「前にも申し上げました通り、香蘭さんはこの診療所の数少ない医師。そんな雑用はさせたくないです」

「雑用ではないさ。診療所を清潔に保つことは患者のためでもある」

香蘭はそう言うと構わず箒を持って外に出る。陸晋は溜め息をつきながらも渋々認めてくれた。柔らかい日差しが香蘭を包む。季節は初夏、掃除をするのにぴったりの季節だった。

香蘭は陸普少年とふたり、掃き掃除をする。無言で受け持つ区画を決める。ふたりは黙々と掃除をするが、手慣れたものでものの十数分で掃除は終る。普段から掃除をしているので汚れが少ないのだ。

「香蘭さんがきてくれてから、掃除の時間が半分で済んでいる。とても助かります」

「普段から陸普がまめに掃除をしてくれているから」

そう返すとそのまま診療所に戻る。喉が渇いたので白湯《さゆ》を沸かそうとするが、陸晋少年は自分がやりますと香蘭から茶道具を取り上げる。陸普少年が沸かす白湯は美味《おい》しかったのでそのまま任せるが、香蘭はふと思い出す。

「そういえば白蓮殿はまだ寝ているのだな。もうじき、昼だというのに」

「昨晩の手術でお疲れになっているのでしょう」

「たしかに大手術だったが、さすがにそろそろ起こさないと」

陸普少年は小窓から空を見上げる。日の高さを確かめているのだろう。次いで香蘭の顔を見てにこりと微笑《ほほえ》む。愛らしい少年の笑顔を浮かべる。

「それでは起こしてきてくださいますか？」

軽くうなずくと、応接間で寝ている白蓮のもとまで向かおうとするが、歩き方が勇ましすぎたのだろう。陸普少年に注意される。

「あまり先生を責めないでください」

と釘《くぎ》を指してくる。

「陸普は白蓮殿に甘すぎる。たしかに手術で疲れているだろうが、このままでは昼の回診が夕方の回診になってしまう」

「今のところ重篤な患者はいません」

「昨晩の患者がいるじゃないか」

と反論するが、術後の経過は順調なようであった。

香蘭は師を起こす前に、再び昨晩の患者の様子を見に行くが、彼は熟睡していた。痛み止めの副作用で深い眠りについているようだ。

一応、脈なども取るが問題はなかった。

ちらりと患者の右腕が視界に入る。彼の右腕は繋がったままだ。

「……それにしても凄まじい腕前だ。我が師は」

自然と漏れ出たその感想は陸普少年にしかと届いてしまったのだろう。彼は我がことのように喜ぶ。

「白蓮先生の異名は神医。その二つ名は伊達《だて》ではありません」

「たしかに」と首肯せざるを得ない。白蓮の医者としての腕前は人智《じんち》を越えるものがある。そのように漏らすと陸普は補足する。

「人智を越えることはできません。先生の医療は人の業です。その技術が極北にあるだけ。要はこの国の医療が遅れすぎている面もありますが」

真実であったが、この国で医療を営む一族の娘に生まれた香蘭としては少しだけむすっとしてしまう。香蘭の父祖はその遅れた技術で多くの人を救ってきたのだ。表情にそれを出してしまったのだろう。それに気がついた陸普少年は言い過ぎました、と謝る。

「謝ってもらうような筋合いの話じゃないさ。それにわたしは白蓮殿の進んだ医療を学びにここにきている。いつかその技術を身に修めてみせる」

香蘭は陸晋に気を遣わせないため、珍しく冗談を口にする。

「この診療所にやってきて以来、わたしの腕はめきめきと上がっている。このまま修練を重ねれば腕を繋げるどころか、切り落とした腕を他人に付け替えられる医者になれるかもしれない」

冗談めかして大言壮語を放つが、その言葉を聞いた陸普はきょとんとする。

最初、大言壮語が過ぎたか、と思った。陸普少年は真面目な少年だから、冗談とはいえこのような物言いが苦手なのかもしれない。

陸普が気を悪くしたと思った香蘭は謝罪するが、彼は笑って首を横に降る。

「香蘭さんは本当に生真面目ですね」

生真面目な少年に生真面目だと笑われてしまったが、彼は先ほどの表情について説明する。

「いや、香蘭さんの言葉で五年前のことを思い出しただけです。この診療所ができる前のことです」

「そのような昔から白蓮殿に仕えているのだな」

「ええ、童子の頃からお仕えしております」

昔の白蓮についていろいろと尋ねたかったが、今、陸普少年が思い出している過去のほうが興味があったので、香蘭は尋ねる。少年は快く教えてくれる。

「先ほど、香蘭さんがおっしゃった腕の移植ですが、実は五年ほど前に先生はそんな冗談みたいなことを成し遂げているのです」

冗談のようなことを真顔で言う陸普少年。彼が冗談を言っている可能性は限りなく低い。それに白蓮ならばそのような絵空事も実現してしまうような気がした。

そう思った香蘭は詳しくその話を聞いた。

†

——五年前。

当時、宮廷医を辞した白蓮は、国中を巡り、医療を提供していた。様々な村落を巡り、医道とはなにか模索していたのだ。そんなおりに陸晋は白蓮と出会った。陸晋の両親は流行病によって他界しており、それを不憫《ふびん》に思った白蓮が小間使いとして引き取ってくれた、という経緯があるのだが、詳細は触れないでおこう。今、話すべきは陸晋の過去ではなく、五年前、蒸し暑い夜にやってきたふたりの親子の話だった。

まだ童子だった陸晋を連れ、とある村に訪れていた白蓮。村の外れにあるあばら屋を借り受けるとそこで診療所を開いた。村には医者がおらず、大層感謝された。日々、医療を提供し、医道と向き合う白蓮であったが、ある蒸し暑い夜、扉を叩く音が診療所に響き渡る。

誰かが夜中にやってきたのだが、扉を叩く音はより強く、差し迫っていた。陸晋は恐る恐る扉を開けるが、そこに立っていたのは山のように大きな男と少年だった。陸晋が腰を抜かしてしまったのは、ふたりとも血塗《ちまみ》れだったからである。

特に大男のほうが酷い。全身から出血しており、短剣が突き刺さっていた。少年のほうは右手を失っていた。少年は気を失っていたが、両者、よく生きていると感心するくらいの傷を負っていた。

驚きと恐怖のあまり、立ち上がることすらできない陸晋だったが、白蓮は冷静だった。白蓮は診療所の入り口までやってくると、大男と少年を観察し、ぼそりとつぶやく。

「旅の武芸者か」

「武侠《ぶきょう》の人たちですね」

この世界には武侠と呼ばれる人々がいる。侠客《やくざ》とはまた違った人種で、私腹を肥やすために剣を持つのではなく、悪徳権力者にあらがうために剣の腕を磨いている人たちだ。

なかなかの好漢が多く、庶民に慕われている。

「まあ、このような手合いが持《も》て囃《はや》されているのは政治が腐敗している証拠だな。それにしても親子でこのような有様《ありさま》か、いったい、なにがあったんだろうな」

「先生、このふたりは親子なのですか？」

陸晋は目をこらしてふたりを観察するが、山のような大男と、か細い貴族のような少年が親子である可能性は見い出せなかった。

「大きさは違うが、目元と鼻がそっくりだ。このふたつは遺伝的な性質が出やすい」

陸晋は目をこらす。血に染まっているのと暗闇で判断がつきにくかったが、たしかに似ているような気がする。陸晋は白蓮の判断力を賞賛する。

「なんという慧眼、お見事です」

「観察力の問題だ。それに俺は顔だけで判断したわけじゃない」

白蓮はそうそぶくと、ひしりと息子を抱きしめる大男に視線をやる。

「このように力強く、愛《いと》しげに他人を抱くものはおるまい。血は水よりも濃いのだ」

白蓮はそう言い切ると陸晋に湯を沸かすように命じた。茶を飲むためではない。まずはふたりの血塗れの身体をどうにかしようとしたのだ。それに彼らは泥にも塗れていた。まず出血は自分たちで抑えたようだが、汚れまではどうにもできなかったようだ。まずはこれらを取り除かないと処置もできない。

そう言葉にすると大男は初めて反応を漏らした。

「我らを助けてくれるというのか……？」

「無論、助けてほしくないのかね」

「助けてほしいが、我らは不調法にも夜中に訪れた。南都《なんと》の医者ならば追い返されても仕方ない。……それに十分に謝礼もできない」

「生憎《あいにく》とここは南都の気取った診療所ではない。ツケ払いにしてやる」

「有り難い」

「だがはっきり言おう。おまえの息子は救えるかも知れないが、おまえは無理だ」

「それは分かっている」

その淡泊なやりとりに陸晋は割り込む。

「先生、どうして。わざわざ先生を頼ってやってきてくださったのです。そのような無《む》下《げ》なお言葉――」

その言葉を遮ったのは白蓮ではなく、男の動作だった。彼は衣服をぺらりとめくると、腹の傷口を見せる。そこには深い刺し傷がある。腸の一部が漏れ出ていた。

「この傷ではどのような名医でも治せない」

「その通り。名医っていうのは不可能を可能にするもののことではない。できることできないことを弁《わきま》えているものを指す呼称だ。俺は自分のことを名医だと思っている」

「そんな……」

力なくうなだれる陸晋に、優しい言葉を掛ける男。死が間近に迫っている男が少年を慰めるのは奇妙な光景だった。そのようなことはよほどの胆力を持っていなければできない。ましてやこの男、常人ならば気を失うどころか、すでに死んでいなければおかしい傷を負っていた。それなのに眉ひとつ歪めることなく、白蓮たちと会話しているのだ。それだけでもこの男の凄《すご》みが知れたが、それでもこの男が死に行く定めにあることは変わりない。

白蓮は男の治療を諦めると、彼に名を尋ねた。死んでいくものの名を覚える趣味はないが、このような偉丈夫《いじょうぶ》の名前ならば記憶する価値があると思ったのだ。

男は表情ひとつ変えることなく自分の名を言い放つ。

「おれの名は胡車忠《こしゃちゅう》だ。息子を連れてこの国を行脚《あんぎゃ》している旅の武芸者だ。――いや武芸者だった、かな」

もうじき過去形を使わなければいけないことを悟っているのだろう。ただ、そのことには一切触れず、胡車忠は白蓮の手を握りしめると、頭を下げた。

「先生」

「白蓮でいい」

「ならば白蓮先生、おれはもうじき死ぬ。それは分かっているんだ。しかし、息子はまだ一三だ」

胡車忠の息子を見る。気を失っているが、たしかにまだ少年といえる年頃だった。

「〝あの男〟に後れを取り、息子まで斬られてしまった。大切な息子の腕まで奪われてしまった。俺はもう死ぬが、先生ならば息子の腕を繋げてやれるんじゃないか、そう思ってやってきたんだ」

胡車忠は背負っていた荷物の中から息子の腕を取り出す。そこにあったのは切り落とされた息子の手だった。白蓮はそれを手に取り、観察すると、即座に首を横に振った。

時間が経《た》ちすぎている。状態が悪い。どんな不衛生な管理をしたんだ。

そう口にしようとしたが、胡車忠の生命が今、燃え尽きようとしていることに気が付いた白蓮は口を閉じる。いや、もはやすでに胡車忠は死んでいるのかもしれない。息子を思う気持だけで立っているのかもしれない。それほどまでに鬼気迫るものがあった。

白蓮は彼を楽にするため、その魂が安らかに天に向かえるようにするため、最後にこう伝える。

「分かった。おまえの息子の腕は必ずくっつけてみせる。だから安心して死ね」

その言葉を聞いた胡車忠は「有り難い」と最後ににこりと微笑むと、そのまま逝った。

湧かしたお湯を持ってきた陸晋はその光景を呆然《ぼうぜん》と見守るが、そんな陸晋に白蓮は言い放つ。

「なにをぼうっとしている。俺は今、ひとりの漢《おとこ》と約束した。この男の息子の腕をくっつけると」

「でも、先生、先ほどすでに手遅れだって」

「切り落とされた少年の腕では無理だ。状態が悪すぎる。しかし、幸いと〝今〟死んだばかりの新鮮な腕が手に入った」

「まさか、先生、胡車忠さんの腕を息子さんに移植するつもりじゃ？」

「そのまさかだが」

白蓮は平然と言い放つと、胡車忠を手術台に運び、鋸を消毒し始めた。

†

昨日、陸晋少年から信じられない話を聞いた香蘭、父親の腕を切り落とし、その息子に付け替えるなど、前代未聞の手術であった。その難易度もであるが、倫理的にも紛糾《ふんきゅう》する行為であった。

もっとも技術的には白蓮ならば不可能ではなかったし、元々、倫理という言葉とはほど遠い人なので、よくよく考えれば驚くような話ではないのだが。

ただ、それでも呆れてしまうような手術であることには変わりないが。まったく、白蓮診療所は退屈という言葉とは無縁な場所である。そのように昨日聞いた話を思い出しながら、衣服を着替える。木綿造りの質素な衣服ではなく、絹で作られた上等な衣服を纏う。

消毒液と血の臭いが絶えない白蓮診療所には似つかわしくない服だが、寝ぼけているわけではない。今日は週に一度の参内《さんだい》の日なのだ。

香蘭の肩書きは白蓮診療所の見習い医だが、それは七分の六だけ。残り七分の一は東宮付きの御典医であった。こちらも頭に見習いと付くのだが、御典医は御典医。週に一度は東宮御所に向かわなければならない。香蘭は東宮様の計らいである馬車に乗り込むと、散夢《さんむ》宮《きゅう》に向かった。

散夢宮とは中原国の南都の宮殿の名前である。元々、北方に首都があった中原国であるが、北胡の侵攻により、南方に逃れた歴史があるのだ。当初は仮の宮廷とされたが、その仮も数十年近く続いている。要はいまだに異民族の脅威にさらされているということだ。

仮の宮廷ではあるが、その壮麗さは特筆に値する。その敷地《しきち》は端から端まで歩くと半日ほど掛かり、建物の数は把握できないほどある。しかもひとつたりとて見窄《みすぼ》らしい建物がないのだ。建物ひとつひとつが豪壮にして華麗だった。中原国の国力の高さを如実に反映している。

そんな感想を抱きながら大門をくぐる。香蘭は東宮付きの見習い御典医。さして手間もなく宮殿に入ると東宮御所に入る。東宮御所とは皇帝の家族が住まう一角を指す。東宮（皇太子の別名）が長となり、管理する場所だった。東宮版の「後宮」と説明したほうが早いだろうか。東宮の弟や姉妹などもここに住んでいるが、東宮の寵姫《ちょうき》も東宮御所に住居を構えていた。

無論、その建物群もとても立派だ。本家の後宮に引けを取らない。どのように小さな建物も白蓮診療所よりも大きく、立派だった。いや、いくつか白蓮診療所よりも小ぶりなものがあったが、大抵は「炭焼き小屋」か「厩《うまや》」であった。思わず嘆息してしまうが、贅沢《ぜいたく》や建築物に興味がない香蘭は意識を仕事へと切り替える。

「どんなに見たところで白蓮診療所が立派になるわけではない」

仮に見つめれば見つめるほど、白蓮診療所の建物が立派となり、医師が増えるのならば別だが、そうでないのならば手早く仕事場に向かうべきだと思った。

東宮の政務所に向かう。中原国の東宮劉淵《りゅうえん》はこの国の摂政であった。政治に興味がない父親に成り代わり、政治を司《つかさど》っている。全権を得ているわけではないが、他の重臣たちからも一目置かれ、政《まつりごと》に深く関わっていた。ゆえにとても忙しい人物なのだ。ただ、それゆえに健康管理がなおざりになっている面がある。

東宮劉淵は仕事に没頭すると食事すら摂《と》らなくなる性格で、先日も三日ほど水しか口にせず、風邪を引いて倒れてしまった。しかもこじらせてから「治せ」と我《わ》が儘《まま》をいうものだから、香蘭が四苦八苦することになる。

まあそのときは幸いとただの風邪だったのでどうにかなったのだが。白蓮直伝の栄養飲料を飲ませ、睡眠薬で強制的に寝かしつけたらすぐに回復したのだ。以後、ちゃんと食事を取るように約束して頂いたが、それが守られているかは疑問だった。今日はそのことを確かめる意味もあり、早めに参内したのだが、さてはて、東宮様は医師の助言に従ってくれているだろうか。

政務所に入ると机の上で書き物をしている美丈夫《びじょうぶ》が目に入る。長い髪を机にたらす勢いで書き物に没頭している東宮様。机の上には肉饅頭《にくまんじゅう》と餡饅頭《あんまんじゅう》が置かれていた。しかもただの饅頭ではなく、半分に切り裂いたものの間に葉物野菜を挟んだものだ。これは白蓮が考案した「サンドウィッチ」なるものを模倣したものだったた。忙しいものが手早く栄養を取るために考案したものだが、見た目はとても味気ない。

「一国の皇太子の食事とは思えません」

正直な感想を口にすると、東宮は気にすることなく平然と答えた。

「食事などというものは腹が膨れ、栄養さえ取れればいいのだ」

書類から目を離さずに言う東宮。彼ならば毎食のように酒池肉林の贅沢ができるだろうに、まったく興味を示すことはなかった。白蓮が陸晋少年に美味《うま》い献立を開発させているのとは対照的だった。

　ただ、こと食に関しては白蓮よりも東宮のほうが気が合う。香蘭もまた食に興味がないほうであった。診療などで忙しいときはついうっかり忘れてしまうこともある。もっとも、そのたびに陸晋少年に叱られ、強制的に食べさせられるのだが。なので粗末な食事を摂る東宮を叱る資格はないのだが、医者という職業の利点は自分のことを棚に上げて人を叱れることであった。さらに一国の皇太子さえ、叱りつけてもいいのだ。香蘭はその権利を行使する。

「東宮様、先日、岳配《がくはい》殿から聞きました。食事を摂るようになったのはいいが、たったふたつの饅頭を食すのに半日も掛けると嘆いていましたよ」

「半日？　それは大げさすぎないか」

　香蘭はサンドウィッチ饅頭に手を伸ばす。饅頭はかぴかぴに渇き、葉物野菜も水分を失っていた。事実を見せつけられた東宮は「ううむ」と唸《うな》る。

「先日から地方の税収についての報告が次々と上がり始めた。その決裁をしないといけないのだ」

「食べ物を粗末にしていい言い訳にはなりません」

　そう叱ると東宮は場都合《ばつ》の悪い表情を浮かべ、渋々と饅頭を口に運ぶ。乙女のような小さな歯形が付く。さすがは一国の皇太子、食べる様はとても上品だった。

「乾いていて美味くないな」

「ならば次は出したてを食べてください。それを作った料理人もそれを望むでしょう」

「うむ」

偉そうにうなずくと、残りも食べ始める。香蘭は廊下に立っている小間使いの童女に白湯を持ってこさせるとそれを差し出す。乾いた饅頭を少しでも美味しく食べられるように、との配慮であるが、東宮は白湯を入れた茶碗《ちゃわん》に饅頭を入れると、それを箸でかき込んだ。

——前言撤回、この東宮はあまり上品ではない。そんな感想を抱いたが、香蘭の仕事は東宮の躾《しつけ》ではない。東宮の健康管理だった。食べ終われば脈拍と体温、目の状態などを確認し、その日の仕事を終える。

「仕事に根を詰めすぎず、食も楽しむようにしてください。あとはちゃんと寝ること」

「一般論ばかりだな。おまえは本当に神医の弟子か」

東宮は冗談めかして言うが、香蘭は正論で返す。

「神医仕込みの一般論です。究極の医術とは病を治すことではなく、病に罹《かか》らないようにすることだというのが師の持論です」

「なるほど、面白みのないところは師そっくりの持論だな」

東宮は苦笑を浮かべると、以後、〝なるべく〟気をつけることを誓った。〝絶対〟に気をつけないなと香蘭は思ったが、それ以上は口出しすることはなかった。香蘭の仕事は東宮の体調管理であるが、東宮の仕事はこの国の舵取《かじと》りなのだ。それを邪魔することは医者としても臣民としてもできない。彼が政治に関われなくなれば民は困るだろうし、彼が政治に関われなくなれば健康を害することは必然だった。ならば御典医としてはちょうどよい塩梅《あんばい》を探るほうがいいに決まっていた。

香蘭は童女から受け取った白湯を飲み干すと、そのまま政務所をあとにした。

政務所を出た香蘭は、内侍《ないし》省東宮府長史に東宮の健康状態を報告しに行く。

内侍省東宮府長史とは東宮御所を管理する偉い役職のお方だ。香蘭を御典医に誘ってくれた人物でもある。かなりの老齢だが、その胆力と気概は凄まじく、東宮に対する忠誠心も篤《あつ》かった。忠烈の老人、というあだ名があるそうだが、ぴったりであった。

香蘭は内侍省東宮府の建物に向かうが、途中、見知らぬ人物に呼び止められる。中年の男に声を掛けられたのだが、香蘭は不審を抱く。

（後宮なのになぜ、男が――）

東宮御所は男の出入りが徹底的に管理されていた。皇帝の後宮ほどではないが、ここも後宮であることに変わりはない。将来の皇后になるかも知れない女性も居住しているのだ。みだりに男が立ち入っていい場所ではなかった。

最初、香蘭が思索にふけるあまり、内侍省東宮府長史の建物付近にまできてしまったのかと思ったが、それも違うようだ。ここはまだ歴《れっき》とした「後宮」であった。香蘭は思わず衛兵を呼ぼうと周囲を見渡したが、衛兵はいなかった。ただ、それは幸いだった。もしも近くに衛兵がいたら、香蘭は恥をかいたことだろう。なぜならば声を掛けてきた男は合法的に後宮にいたからだ。よくよく見ると彼は〝正式な〟宮廷医が纏う帯を締めていた。そう、彼は後宮の医者なのだ。

「内侍省東宮府所属宮廷医師、八品官の夏侯門《かこうもん》と申す。以後、お見知りおきを」

彼は官位と位階、姓名を明らかにする。香蘭も自分の姓名と官位と位階を返答するが、自分の紹介を終えると夏侯門という名前に聞き覚えがあることを思い出す。

「夏侯門……」

彼の名前自体が有名なのではない。彼の仕える貴妃が有名なのだ。彼は東宮の弟のとある貴妃の専属医をしていた。その貴妃はあまり評判がよろしくない。他の貴妃を虐《いじ》めているともっぱらの評判なのだ。いや、虐めという言葉は生ぬるいか。その貴妃は自分の競争相手となる貴妃に執拗《しつよう》なまでに嫌がらせをしたり、下賤《げせん》なものを使って他の貴妃を犯させたという噂《うわさ》まである。無論、当の貴妃は否定しているが、香蘭が御所に出入りするようになってからふたりもの貴妃が自殺した。皆、東宮の弟の貴妃であった。

香蘭がそんな曰《いわ》くありげな貴妃の主治医の名を覚えていたのは、その貴妃が主治医を使って他の貴妃に〝子胤《こだね》〟を埋め込んだ、という噂があったからだ。要は競争相手となる他の貴妃を妊娠させ、追い落とそうとしたのである。

信じられぬ噂であるが、後宮とは魔窟、有り得ない話ではない、と思っていた。ちなみに生殖行為をしなくても妊娠させることは可能だと白蓮は言っていた。新鮮な精液を膣《ちつ》に注《つ》ぎ込《こ》めば、妊娠する可能性はあるのだという。彼は東宮の弟の貴妃を診る立場なのだから、その気になれば診察と偽ってそのようなことも可能な立場であった。

そのような噂が流される背景を考察しながら、見つめてしまったからだろうか、夏侯門は気が付いたようだ。

「なるほど、その様子だとわしのことをようく知っているようだな」

「…………」

今さら取り繕っても仕方ない。香蘭は包み隠さず話す。

「貴殿の噂は聞いています。どれもよくないものばかりだ」

「もっともだ。わしの仕える貴妃様は評判がよくない」

「そのよくない貴妃様に手を貸しているという話も聞きますが」

「先日、貴妃様の虫垂炎《ちゅうすいえん》を治療した。もしもわしが治療していなければ自殺する貴妃はひとり減ったことだろう」

間接的に彼の仕える貴妃が虐めを行っていることを肯定する。

「ならばあなたはひとりの命が失われることを承知で貴妃の命を救ったのか」

「ああ、命の選択をした」

「それは医者としての誇りですか？　命の価値は平等という信念があるのですか？」

「いいや、命の価値は違う。世の中には生きていてはいけない畜生もいる」

夏侯門は言い切る。他人事《ひとごと》のような口調であったが、どこか寂寥感《せきりょうかん》も感じた。白蓮とは違った意味で命について哲学を持っているようにも見えたが、彼はそのことには触れず、真実のみを告げる。

「貴妃様は弟君の愛妾《あいしょう》だ。その命を救えば褒美をたくさん貰える。わしは金がほしくて医療行為を行った」

やはり師である白蓮と同じである。白蓮もまた金に五月蠅《うるさ》い医師であった。治療を施したものから銅銭一枚でも多く得ようと躍起になる医師である。彼もまた守銭奴の医師なのだろうか。いや、それは白蓮に失礼か。白蓮の守銭奴には哲学があった。彼のそれはただの金銭欲でしかないように思える。悪徳貴妃の卑しい笑顔を思い出した香蘭は、「御免」と言い放つと、夏侯門に背を向ける。これ以上、話していると平手打ちを入れたくなる衝動を抑えられないと思ったのだ。

夏侯門はそんな香蘭の姿を「若いな」と表したようだが、香蘭はその感想を直接聞くことはなかった。

†

内侍省東宮府長史岳配に報告を終えると、そのまま白蓮診療所に向かう。白蓮には今日は一日、東宮御所にいると伝えてあるが、時間が余ったのだ、診療所で治療をしないという手はない。白蓮からひとつでも多くのことを学びたいという気持もあるが、先日、腕を繋《つな》ぎ止《と》めた患者が気になる。見事な技術で腕を繋ぎ止めるまでは確認したが、術後の処置も診ておきたい。師がどのような処置をするか、余さず観察したいのだ。

それに最近、入院した少女のことが気になる。まだ幼い少女が入院しているのだ。父親と母親は入院費を払うために朝から晩まで働き、費用を工面していた。そのため、あまり面会にはこられない。香蘭は彼女の寂しさを紛らわせるため、毎日、折り紙の折り方を教えていた。少女からは「折り紙先生」などと呼ばれている。なんともこそばゆいが、幼き頃に覚えた特技が役立ってよかった。

診療所に向かう道、紙を扱う商店で折り紙を購入する。決して安い物ではないが、手が出ない価格でもない。東宮様から過分な給金を貰っているし、出し惜しみする理由はないだろう。そう思って折り紙を包んでもらう。

道具箱に大事にしまい込むと、香蘭は歩み始めるが、道中、奇妙な青年を見かける。その青年が進むと、大路の人混みが割れるように聞くのだ。異様な気配がある。のっぴきならない戦場の空気を纏った青年だった。しかも異様なのは雰囲気だけでなく、その見た目もだった。顔は傷だらけで右腕が膨れ上がっていた。まるで鬼から切り落とした腕をそのまま自分のものにしたような、そんな奇っ怪なものをぶら下げていた。香蘭が凝視していたためだろうか、男はまっすぐに香蘭に向かってくる。他にも多くの人がいるにも関わらず、狙ったかのように香蘭に声を掛けてくる。

「そこのお嬢さん、ちと尋ねたいことがあるのだが、少々よろしいか？」

横柄というよりは無骨な物言いだった。ただ、悪人ではないとすぐに分かった。鬼のような形相をしているが、目が澄んでいる。それにとても優しげな光を持っていた。

香蘭は臆することなく、返答する。

「なんでしょうか」

その言葉と態度に青年は驚いた。なんでも先ほどから往来の人に声を掛けているそうなのだが、この形相、声を掛けるたびに逃げられてしまったそうな。そんな中、悠然と返答する香蘭。驚かずにはいられないらしい。

「実家が診療所を営んでいます。医者の卵ですから様々な人と出逢うのです」

そう間接的に答える。事実、香蘭は徳の高い聖《ひじり》から侠客《やくざ》まで様々な人々と接する。そのたびに恐れいっていたら、仕事にならない。それに彼らは他人になめられないように気を張っているだけで、実は一般人と変わらないことも知っていた。白蓮いわく、「戦場や酒場にいる勇者は偽物だ。本物の勇者は歯医者の診療台にいる。あそこで悠然としていられるものこそ、真の勇者だ」

と公言して憚《はばか》らない。戦場や酒場ではその場の空気で気を張っているものが多数だが、これから歯を抜く場所で平然としていられるものこそ、真に胆力が備わっている。白蓮はそう揶揄《やゆ》しているのだろう。実際、白蓮診療所でも刀傷の消毒をするだけで泣き叫ぶ大男がいかに多いか。まだその辺の婦女子のほうが肝が据わっていると思うこともある。

そのような事例をいくつも見てきたものだから、見た目によって人を判断しない素養が備わっているのだ。長くなるので目の前の男には「医者の卵」ということで説明するが、男は納得してくれたようだ。

「たしかに医者は多くの人々に接する。自然と人物鑑定が上手《うま》くなるのでしょう」

「はい、そうです。しかし、貴殿、ええと――」

「失敬、不調法にも名前を告げていませんでした。おれの名前は胡備師《こびし》。旅の武芸者です」

「武侠の方でしたか」

「まあ、格好良くいえばそうですが、野盗とよく間違えらます。無論、野盗まがいのようなことは生まれてから一度もしたことはないですが」

「世の中は見た目だけで判断するものが多いですからね。ところでこれだけの人混みの中、まっすぐにわたしに話し掛けてきたように見えますが、なぜでしょうか」

「それはあなた様がお医者様だからです」

胡備師は言い切る。一瞬、白蓮並の観察力を持っているのかと思ったが、そういえば香蘭は医者の道具箱をぶら下げていた。これを持っているものは九割方医療従事者である。

「医者になにか御用ですか？　もしかしてどこか具合が悪いのですか」

見た目は健康そのものに見える胡備師だったが、もしかしてなにか病でも患っているのだろうか、尋ねるが、彼は笑って首を振る。

「この数年、風邪ひとつ引いたことがない健康な身体が自慢です。毎日のように鍛えていますから」

はっは、と笑う胡備師。笑うと意外に可愛《かわい》らしいと思った。

「ならばなに用でしょうか」

「いや、ひとつ尋ねたい儀がございまして。この南都で一番の名医は誰でしょうか」

「それは白蓮殿ですね」

「ほう、即答ですな」

「はい。尊敬していますから。これは個人的主観ではなく、客観的にもそうだと思っています。なにせ中原国の神医と呼ばれていますからね」

「それはすごいお医者様だ。してそのお医者様は五年ほど前に武芸者の親子を助けたという話をしていませんでしたか？」

いや、と青年は続ける。

「実は五年ほど前におれと父を助けてくれた医師を探しているのです。残念ながら偽名しか知らないので困り果てておりまして」

「………」

香蘭が沈黙してしまったのは、一瞬、この青年が怪しく見えてしまったからだ。白蓮はその昔、東宮劉淵とともにこの国の改革に勤《いそ》しんでいたという。それにこの国の医学界に喧嘩を売るようなことをしていた。間諜《かんちょう》の類いを送り込まれても致し方ない立場の人物なのだ。香蘭は警戒心を抱くが、昨日、陸晋少年が話してくれた話を思い出す。

「五年前、ちょうど先生と出会った頃、全身傷だらけの武芸者の親子を治療したのです」

「分かった。おまえの息子の腕は必ずくっつけてみせる。だから安心して死ね」

「先生は見事、死んだ父親から右腕を切り取り、右腕を失った息子に移植したのです」

陸晋の昔語りと、白蓮の台詞《せりふ》が交互に脳を駆け回る。先日からふと続く、「腕」に関する話。もしかしてこれは天命なのではないか。なにか運命めいたものではないか。そう感じた香蘭は胡備師をじっと見つめる。

「もしかしてあなたは五年前、我が師白蓮殿から腕を移植されたという少年ですか」

その言葉を聞いた胡備師は表情を輝かせる。

「おお、そうです。その通りです。今はこのようにむさ苦しい武芸者に成長しましたが、おれがあのときの子供です」

「わたしはその現場にいなかったのですが、話は陸晋というものから聞いています。そうか、あなたがあのときの子供なんですね」

「はい。残念ながら父は亡くなりましたが、おれは父からこの右腕を受け継ぎ、剣の腕を磨きました。治療費はツケ払いでいいと言われたので、この五年間、修行をしながら金を貯《た》めていたのです」

「ようやく貯まったということですね」

「はい。そうです。しかし、金が貯まったはいいが、肝心の恩人の名前を聞きそびれていたことを思い出し、途方に暮れていたのです」

「なんとまあ」

「白蓮先生は当時、村で一夢庵《いちむあん》火男翁《ひよっとこおきな》と名乗っていたのですが、明らかな偽名。しかし、なんとか当時の村長の息子から南都にいることを聞き、やってきたのです」

「白蓮殿らしい」

当時の白蓮は心の底から政治を倦《う》み、厭世《えんせい》的になっていたはず。本名すら捨てたかったのかもしれない。偽名を使うのもやむなしだが、偽名を使っていたら、肝心のツケを払ってもらえないではないか、と苦笑する。

（まあ、もしかしたら、最初からツケなど受け取る気がなかったのかもしれないが）

そう思うが、心の中に反論も湧く。白蓮は医療に真摯に向き合う男だが、吝嗇《りんしょく》にして守銭奴なので、取りっぱぐれるようなことは絶対にしない、とも思うのだ。しかしまあ、それは〝今〟の白蓮であって、当時の白蓮は違った可能性もあるが。どのような聖人も生まれたときから後光を発していることはないように、どのような赤ん坊も金子を咥《くわ》えて生まれてくるわけではないのだ。そう思うことにした。

今、気にするべきは師匠の吝嗇具合ではなく、白蓮と胡備師を再会させることであった。五年ぶりの再会である。きっと両者感慨深いものがあるはずだった。

香蘭はさっそく白蓮診療所に案内しましょう、と胡備師をいざなった。彼は「有り難い」と頭を下げると香蘭の道具箱を持ってくれた。ひょいと薬箱を持つ姿は様になっている。さすがは武芸者だと思った。

胡備師を白蓮診療所に連れて行くと、五年ぶりの再会劇が行われる。両者、涙ぐみながら抱き合う——ようなことはなく、再会は淡々と行われた。

まず胡備師が五年前の礼を言う。自分の命を救ってくれたこと、父の遺志を尊重してくれたこと、父の右腕を繋ぎ替えてくれたこと、すべて有り難いことでした、と頭を下げる。

白蓮は詰まらなそうに礼を受け取ると、

「五年もツケを待ったことのほうを評価してほしいな」

と意地悪く言い放つ。たしかにこの守銭奴が五年も、無利子無催促で待つなど、有り得ないことだった。胡備師は苦笑いを浮かべると、懐から金子を取り出す。

金子が入った袋の重さを感じて、にやりとする白蓮。吝嗇家の本領発揮であるが、枚数を数えなかったのは胡備師を信頼しているのだろう。この男ならば枚数をちょろまかすようなことはしない、という確信があったと見える。白蓮は金子を陸晋少年に渡すと、茶を出すように命じた。「上等な」と付け加えるあたり、やはり胡備師に一目置いているように見える。白蓮はその気持ちを言語化する。

「元気そうでなによりだ、胡備師」

「はい、先生もご壮健そうで、嬉しく思います」

「立派な体軀《たいく》になったな。お父上の面影が出てきたぞ」

「ありがとうございます。いつか、父のような武芸者になりたいです」

談笑をするふたり、家族とまでは言わないが、親類のようであった。あの人嫌いの白蓮が珍しい、と思っていると陸晋少年が説明してくれる。

「五年前、白蓮先生が右腕を手術したあと、胡備師さんの理学療法《リハビリ》のため、行動を一緒にしたのです。白蓮先生が手取り足取り、新しい腕の使い方を教えたんですよ」

「あのリハビリはとても有り難かった。もしも先生が指の動かし方を指導してくれなければ、二度と剣を握れなかったでしょう」

「指の動かし方は教えられても、剣の稽古はできなかったがな。俺は剣術が苦手なんだ」

白蓮がそう漏らすと、陸晋は軽く苦笑する。

「たしかに毎日のように短刀を握っていますが、長物は苦手ですよね、先生は」

「まあな。俺の右手は人を斬るためにあるんじゃない。人を切るためにあるのだ」

白蓮がそう嘯くと、陸晋少年と胡備師は違いない、と笑いを漏らした。五年前、同じ時間を共有したものたちの時間が再び流れ出したかのようで麗しい。当時を知らない香蘭はその輪に入りにくかったが、意を決してこんな提案をする。

「胡備師さん、南都中を歩き回ってさぞお疲れのことでしょう。今、お湯を用意するので風呂にでも浸《つ》かって疲れを癒《いや》してください」

「ほお、おまえにしては気が利いているじゃないか」

白蓮は香蘭の機微を揶揄する。なんと茶化されても気にならないが。

胡備師はその配慮に感動する。「それは有り難い」と表情を輝かせる。

「いや、白蓮先生が偽名を使っていたものだから、探すのに手間取りました。それにツケを払ってしまったからほぼ無一文で宿を借りる金もないのです」

頭をかきながら、正直に現状を告白する胡備師。

「できればしばらく、この診療所で厄介になりたい。用心棒の仕事でも探して、日銭を稼ぎますので」

悪びれずに言う胡備師はどうも憎めない。白蓮も「やれやれ」とは言うが、診療所への滞在は許してくれた。ただ、「宿泊費」をあとで請求するらしい。まあ、それも普通に旅籠《はたご》などで宿を取るよりも遙かに安く、良心的な値段であったが。

白蓮の許可が下りた陸晋は、快く部屋の準備を始める。その間、白蓮は胡備師の腕を診察するようだ。すっかり繋がったとはいえ、人から腕を移植したのだ。術後の経過が気になるのだろう。それに胡備師青年の右腕は左腕よりも遙かに大きい。なにか不都合はないか、確認したくなるのも分かる。いわゆる医者としての好奇心が刺激されるのだ。

——それは香蘭も同じだった。せっかくなので一緒に右腕を見せてもらう。

「胡備師さんの腕は異様に膨れ上がっていますね。腫れているわけではないようですが」

「これは亡くなった父の右腕です。父上は山のような大男でしたから」

「よく移植できましたね。ここまで大きさが違うのに」

白蓮はそれについて説明する。

「大きさも大事だが、それ以上に大切なのは拒絶反応がでないか、だ。親子ならばその可能性は低くなるが、ゼロではなかった。胡備師は運がいい」

「父の遺志です」

「それに情念……、いや、愛だな」

白蓮の物言いに驚く香蘭。

「白蓮殿がそのような言葉を使うとは珍しいですね」

「なんだそれは、どういう意味だ」

「愛とかいうものを信じていないように思っていました」

「なるほど、たしかに日頃の言動からはそうかもな。俺は今まで人を愛したことも、愛されたこともない。だから自分の中に愛はないと思っている。しかし、自分の中にないからといって、他人の中にもないと決めつけるほど、狭量な人間でもない」

　寂しいことをいう人だ、香蘭はそう思ったが、白蓮は気にすることなく続ける。

「胡備師の父親は、医学的に立っていることさえ不可能な状況で息子を運び、俺にその命を託した。適合するサイズではないのに、腕はぴたりとくっつき、拒絶反応も起きなかった」

「それと不思議なことに胡備師さんの右腕は、どんなに時間が経っても筋力が落ちることがなかったんです」

　そう付け加えたのは陸晋少年だった。

　どういう意味なのだろう、そう思っていると白蓮が解説する。

「通常、人の筋肉というものは三日動かさないでいると衰えていくものだ。しかし、不思議なことに胡備師の父親の右腕は、何ヶ月動かさないでも筋力が衰えることはなかった」

「リハビリ後もそのままだったということですか？」

「ああ、半年近く、まともに動かさなくても筋肉量が落ちなかった。通常、これは有り得ない」

　確かに長期入院をしている患者は皆、退院時には痩せ細る。食事量が減るということもあるが、それ以上に運動不足によって筋肉量を減らすのだ。腕の移植手術ならばまともに指を動かせられるようになるだけでも数ヶ月は要する。その間、筋肉は痩せ細っていくだけのはずだが、胡備師の、いや、その父親胡車忠の右腕はまったく衰えなかったということか……。

その事実になにか特別な運命を感じてしまうのは自分だけだろうか。白蓮は愛と呼称したが、それ以上のものがこの右腕に宿されているのでは、そう思った。

胡備師の診察を終えると、陸晋少年がやってきて、買い物に付き合ってほしいと告げる。食客がひとり増えてしまったので、買い出しをしなければいけないのだそうな。胡備師のことであるが、連れてきた香蘭にも責任はあるので、喜んで買い出しに付き合う。

名門陽家の娘である香蘭は、ここにやってくるまで買い物などしたことがない。それらは使用人の仕事だった。ここではただの見習いなので積極的に頼まれるようになったが、やってみるとこれがなかなか面白い。市場に行って新鮮な魚の見分け方を教えてもらったり、熟成された肉と腐りかけた肉の見分け方を習ったり、とても勉強になる。また時折、市場の店主にオマケをしてもらうのもとても楽しい。香蘭は上機嫌に買い物籠を取り出した。

香蘭と陸晋少年、それになぜか食客である胡備師も一緒に市場に向かう。荷物持ちをしてくれるのだそうな。「ただ飯を食わせてもらうのは悪い」とのことであったが、そ

えます」

「白蓮殿は普段阿漕《あこぎ》に稼いでいるのです。胡備師さんのひとりやふたり、いくらでも養えます」

「有り難いことです」

「このまま食客を増やし、白蓮一門の隆盛を極めましょう」

陸晋少年も冗談に呼応する。白蓮診療所の財務官僚である陸晋少年がそのような冗談を言うということは、診療所の資金は潤沢ということだろう。この世界では食客を多く養うものほど大物という風潮があった。

「ここは違う世界、春秋戦国時代と呼ばれた場所に戦国四君と呼ばれた偉い人たちがいたそうです。斉の孟嘗君《もうしょうくん》、趙《ちょう》の平原君《へいげんくん》、魏《ぎ》の信陵君《しんりょうくん》、楚《そ》の春申君《しゅんしんくん》。彼らは三〇〇〇人食客を抱え、戦国の世に覇を唱えようとしたらしいです」

「白蓮殿の世界の話だな」

「そうです。我が国でも同じです。封土ではなく、それぞれの技能によって職を与えるのです。要は官吏の先駆けですね。「論客」「剣客」「刺客」の語源となります」

そのように話していると胡備師が不思議な顔をする。そうか、彼は白蓮殿の出自を知らないのか。説明していいものか迷う。陸晋少年の顔をちらりと見るが、問題ないでしょう、と頷《うなず》く。

「白蓮先生の出自は、暗黙の秘密と公然の秘密の合の子という感じです」

白蓮はここことは異なる世界。医術と文明の進んだ世界からきたらしいが、たしかにそのようなことを話してもほとんどが「法螺《ほら》」と認識するだろう。実際に〝西洋医術〟を毎日のように見せられている香蘭ですら全面的には信じていない。いまだに神仙術を使う神仙かなにかなのだと疑っているところがある。そのように話していると胡備師も話に加わってくる。

「たしかに白蓮先生の医術の腕は尋常ではない。いったい、あのような業がまかり通る世界とはどのような世界なのでしょうか」

「白蓮先生曰《いわ》く、ニホンという世界らしいです」

「ニホン？」

「はい。民は誰ひとりとして飢えることはなく、戦争で死ぬものはひとりもいないそうです」

「まさに仙人の国じゃありませんか」

「文化や技術は発達しているそうですが、その代わり人心が荒廃しているようです」

「と申しますと？」

「ニホンという国には奴婢《ぬひ》はひとりもいないそうですが、その代わり人民全体が奴婢のようだとか」

「シャチクなる被支配階級がいるのですよね」

　陸晋少年が補足する。

「シャチク。会社という組織に命を懸ける官吏だと聞いた。夜が更けても組織のために馬車馬のように働くらしい。食事を取る時間もなく、仕事が終わればデンシャなる箱に詰め込まれ、家に帰って寝るだけらしい」

「この世界では日が昇ったら起きる。日が落ちたら眠ることができるのに」

「そのような人間的な生活とは無縁なそうな。過労死なる死因が存在するらしい」

「惨《むご》い話だ」

　そう纏めると市場に到着する。肉や魚、米を買い足す。胡備師は身体が大きい。香蘭と陸晋の体重を足したよりも大きいかもしれない。そうなれば食べる量も多いだろう。食客、二人分と計算しなければいけないかもしれない。彼に食事の量を確かめる。

「胡備師殿はよく食べるのでしょうか？」

　彼は気恥ずかしげに頷く。どうやら相当に食べるようだ。これは三人分だな、と心の中で計算すると行きつけの肉屋に向かった。肉、魚、野菜を買い込むと、帰路に着く。大量の食料は胡備師が担いでくれた。さすがは武芸者である、と改めて感心していると、道中、奇妙な列があることに気が付く。うらぶれた通りに多くの人が並んでいたのだ。

「このような通りに人が。商店もないのになぜだろう……」

そのように口にすると陸晋少年が説明してくれる。

「ああ、あれは夏侯門さんのところの診療所の列です」

「夏侯門さんの診療所？」

「はい。白蓮診療所のある通りから川を挟んだ向こう側にある診療所です」

「白蓮診療所よりもさらにうらぶれた場所にあるのだな」

「ですね。さらに貧しい細民窟にある診療所です。白蓮診療所は籤引《くじび》きで患者を引き受けるか決めますが、夏侯門診療所は助けを求める患者すべてを受け入れることで有名です。しかもほぼ無償で」

「それにしても人徳溢れる医者だな。白蓮診療所とは真逆の方針だ」

「ですね」

「しかし、そのようなこと、可能なのだろうか？　無償では経営が成り立たないのでは」

「懐事情までは知らないですが、もしかして元々なにかしらの財がある人なのかもしれませんね」

「地主か商人の子息なのかもしれないな」

そう纏めるとその場をあとにしようとしたが、胡備師が足を止める。なにか気になることがあるようだ。それを確認する。胡備師は気になった点を言葉にする。

「いや、あの先生、伝染病の患者を恐れることがないと思いまして」

「──伝染病の患者」

胡備師の視線を追う。たしかに彼は皮膚がただれた伝染病の患者も恐れることなく接している。普通の医者ならば避けるような患者にも分け隔てなく接していた。その姿は宗教を創始した聖者のようにも見える。古代の聖王のような清らかさを持っていた。

「白蓮殿とはまた違った印象を受ける」

そのような感想を口にしながら観察していると、その人物に覚えがあることに気が付く。どこかであったような気がするのだ。記憶の糸をたどると、東宮御所に彼の面影を見い出す。

「──そうだ。たしかあのものは東宮様の後宮で見かけたような気がする」

「東宮様の後宮？」

陸晋が不審な顔をする。

「東宮の後宮とは東宮御所のこと。東宮様とその貴妃が住まう場所」

「いや、さすがにそれは知っていますが、なぜ、夏侯門先生がそのような場所にいるのです」

胡備師も同調する。

「そうです。東宮御所に入れるような御仁とは思えませんが」

「たしかにそうなのだが……」

口籠もる。ふたりの意見は正しい。東宮御所で出逢った〝夏侯門〟は絹の服を纏った立派な宮廷医だった。一方、細民窟で医療を施す〝夏侯門〟の姿はとても見窄らしい。襤褸《ぼろ》切れを纏い、治療を施している浮浪者よりも困窮しているように見えた。とても同一人物とは思えない。

「夏侯門という名は同じなのだが……」

板きれに書かれたやけに達筆な文字を見る。夏侯門診療所。名は夏侯門で間違いないようだ。宮廷で出逢った悪徳貴妃の主治医と同じ名前である。顔も凝視するが、あのときの宮廷医と同じ顔をしていた。双子のようにそっくりというか、瓜二《うりふた》つというか、端的にいえば本人そのものだった。

「つまり着ているもの以外は同じということですね」

「そうなる」

「一卵性双生児でしょうか」

「可能性は否定できない」

少なくともあの立派な格好をした夏侯門と、見窄らしい夏侯門が同一人物と考えるよりも合理的な気がしたが、確かめようがない。まさか本人に尋ねるわけもいかないし
……、そのように思っていると先ほどまで横にいた青年がいなくなっていることに気が

付く。いつの間にか彼は夏侯門のもとへ向かっていた。彼の背に向かって大声を張り上げる。

「なにをされるのです？」

「いや、あの医師を助けようと思いまして」

「助ける？」

ふと見るといつの間にか夏侯門は騒動に巻き込まれていた。血走った目の男ふたりに囲まれていたのだ。否、正確には男ふたりの間に立ち、裂帛《れっぱく》の気合いを送っていた。

「どうやら夏侯門殿は芥子《ケシ》中毒のゴロツキの仲裁をしているようです」

「芥子中毒患者か……」

香蘭の言葉に正の要素はない。残念なことにこの中原国の一部では芥子が流行していた。芥子とは越年生の綺麗な花を咲かせる植物のことであるが、その実は阿片《アヘン》の原材料となる。未熟果を傷つけるとそこから乳液が滲み出るので、それを採取し、精製すると阿片になるのだ。阿片は鎮痛剤《モルヒネ》として痛みを和らげる薬として使うこともできるが、医療用だけでなく、麻薬として使用することもできる。――昨今、後者の効用を悪用し、貧民街で麻薬を蔓延《まんえん》させているものがいると聞いていたが……。

先日、白蓮から仕入れた情報を改めて思い出すが、気持の良《い》いものではない。ましてや目の前でその麻薬中毒者を見せられるのは最悪の気分だった。なぜならば両者、目が血走り、口から涎《よだれ》を垂れ流し、意味不明な言葉をしきりに叫んでいるからだ。麻薬中毒患者の末期症状であった。おそらく、この騒動も常人ならば気にもとめないような切っ掛けで起こったに違いない。いや、当人たちはなぜ、互いに刃物を抜いたかも覚えていないに違いない。互いに言語不明瞭なことを口にしながら、短刀を刺す機会をうかがっていた。

夏侯門はそんな狂人ふたりの間に割って入って、押しとどめている状態である。言語は通用しないが、夏侯門の気迫は、戦場を闊歩《かっぽ》する将軍のようであった。その大柄な身体も相まって、麻薬患者ふたりの時を静止させている。――しかしそれでも夏侯門は丸腰。いつまでも止めることはできないだろう。それを証拠に片方の麻薬中毒者はしきりに両足を震わせている。武道の心得がないものでも、〝今〟動き出すと察することができた。事実、片方の中毒者は奇声を上げながら短刀を振り上げた。

もしも香蘭が白蓮のような身のこなしができればそのまま押さえつけるか、あるいはメスでも取り出して颯爽と解決するのだろうが、残念ながら香蘭には武術の心得がなかった。幼き頃から運動さえまともにしてこなかったので、このような場面ではまったく活躍できないのだ。中毒者のどちらから斬り掛かってきたら、なんの抵抗もできずに刺される自信があった。無論、そのようなことにはならないが。中毒者の意識がこちらに向いていないということもあるが、香蘭は天運のある娘だった。刀傷沙汰に晒《さら》されると不思議と男性が助けてくれるのだ。今回も中毒者に目を付けられるよりも先に胡備師が腰の剣を抜く。するりと長物を抜くと、中毒者のひとりに斬り掛かる。剣の腹で短刀を打ち落とすと、返す刀でもうひとりの中毒者の短剣を落とした。その手際はとても鮮やかだった。さすがは修練に修練を重ねた武芸者だ。陸晋少年は胡備師の動きをこう評す。

「洗練されている上に無駄がない。このような剣客は見たことがない」

一方、香蘭の評はどこか抜けている。

「胡備師殿が食客でいてくれるうちは戸締まりの用心はいらないかもしれない」

陸晋少年は香蘭の論評を笑ったが、的は射ていると補ってくれた。

陸晋少年とふたり、胡備師青年の動きに見とれていると、彼は麻薬中毒者に体術を加える。短刀を取り上げたはいいが、彼らの旺盛な戦意が失われることはなかったからだ。それどころか酷く興奮し、殴り掛かってきたのである。胡備師は自衛のため、一人目の男の腹に回し蹴りを加えると、二人目の男のあごに掌底を入れた。その流麗な動きは京劇の役者のようであった。胡備師であればこのような輩《やから》があと三〇人襲い掛かってきたとしてもなんなくは除《の》けるだろう。

そう評すと胡備師はこちらに振り向き、気恥ずかしげに頭をかくが、すぐに視線を戻した。倒れた麻薬患者のことを気遣っているようだ。相手が悪いとはいえ、素人にムキになりすぎたことを気にしているようだ。自分の巨軀《きょく》から繰り出される一撃の強力さもよく知っているのだろう。

「……まあ、死んでも仕方ない連中だが」

その酷薄な言葉を聞いた香蘭は少し心を痛める。武芸者ゆえに荒事になれすぎているのかもしれないが、どのような悪党でも死んでいいという考えは持ってほしくなかった。出過ぎたことなので口に出してたしなめることはないが。

悲しげに胡備師を見つめるが、自分が医師であり、微力ながら技術を持っていることを思い出した香蘭。気絶した中毒患者を介抱しようとするが、駆け寄る香蘭よりも早く、倒れた中毒者の脈を取っていた人物がいた。脳震盪《のうしんとう》を起こしている男の介抱をするは夏侯門医師だった。彼は先ほどまで短刀を突きつけていた相手に慈悲を掛けていたのである。まるでそれが当然のことであるかのように男の診断をしている。眼《め》をこじ開け、意識が飛んでいることを確認すると、外傷がないか確かめた。

その姿に見入る胡備師。不思議なものを見る目つきだ。香蘭は反対側の患者を担当するが、彼の横を通ったとき、このような台詞を聞いた。

「あと、二三二人――、あと二三二人の患者を救いたい。二四〇〇まであと少しなのだ。さすればわしは――」

最後まで聞き取ることはできなかったが、彼が口にした数字が妙に頭の中に残る。なにか意味のある数字なのだろうか。香蘭は考察したかったが、そのような暇などない。

腹を押さえてのたうち回る男の診察をしようとすると、彼は急に起き上がり、服の中に隠していた刀を取り出した。隠し刀といっても素人が鉄の塊を尖《とが》らせて作ったような粗末なものだが。しかし、それでも殺傷力は凄まじい。これで刺されれば命はないだろう。香蘭は青ざめるが、両腕で自分を庇《かば》うくらいしか防御行動は取れなかった。それでも自分としては上等な選択だと思ったが、幸いなことに香蘭の死因が隠し刀で刺殺と診断されることはなかった。

夏侯門が風のような速度で香蘭の前に現れ、中毒者の隠し刀を手のひらで受ける。刃がめり込んだ手のひらから血が流れ落ちるが、夏侯門は気にした様子もなく、こう言い放つ。

「人を殺す元気があるということは、内臓は破裂していないな。掌底を受けたほうがよっぽど重傷だ。おまえの治療は後回しにするぞ」

そう言って男の首筋に手刀を入れると男は気を失った。崩れ落ちた男を夏侯門は抱える。その動き、手際、ただものではない。少なくとも医者の動きではなかった。それが証拠に胡備師もその動きに魅入り、口をぽかんと開けながらつぶやいている。

「あのお方はなにものなのだ――」

香蘭にもそれは分からなかったので説明はできないが、もう少し夏侯門について知ることはできるだろう。香蘭は彼の助手を買って出る。夏侯門に寄り添い、自分の見立てを述べる。

「掌底を喰《く》らったほうはもしかしてあごが砕けていますか？」

「いいや、砕けるまで入っていないだろうが、割れてはいるだろうな。しばらくは流動食生活だ。あと固定器具を作ってやらねば」

「それならば協力できると思います」

と言ったのは胡備師だった。彼は鍛冶屋の元で働いていたことがあるようだ。人斬り道具の基礎を学びたかったのと生活費を稼ぐためにやっていたそうだが、そのときに覚えた知識が役に立ちそうだった。

夏侯門は立派な体軀の青年胡備師を見つめるが、厭な顔をすることはなかった。それどころか彼の父親のように優しげに見つめると、倒れた中毒患者たちを運ぶように頼んだ。「受け入れられた」と思った胡備師は嬉しげに中毒者たちを担ぐ。彼らは骨と皮だけの体付きだったので、容易に運ぶことができた。

このようにして香蘭一行は夏侯門という医師と知遇を得ることになる。

†

夏侯門診療所は想像以上に粗末な建物だった。敷地こそ狭くはないが、建物が今にも崩れ落ちそうなほど老朽化している。そもそも建築当初から安普請と呼ばれていそうなほど粗末な建物だった。天井には穴が空き、立て付けも悪い。外見はとても診療所に見えないが、「夏侯門診療所」と書かれた看板だけがここが医療機関であることを示していた。

ただ、建物内部は医療機関らしさがあった。無論、隙間風はどうしようもないが、不潔感は一切ない。掃除と整理が行き届いており、患者に与えられた寝間は清潔だった。白蓮は以前、その診療所のレベルを計りたければ窓の埃を見よ、と言っていた。失礼なことは承知で窓に指を走らせるが、指の腹に埃も汚れも付くことはなかった。

夏侯門診療所のちぐはぐさに戸惑っていると、彼はてきぱきと治療を始める。香蘭は慌ててそれを手伝う。といってもあごを守る器具を装着するだけなので夏侯門と胡備師以外、やることはないのだが。ひとりの見習いとして夏侯門の腕前を観察させてもらう。彼は割れたあごを保護するため、固定器具を装着するが、途中、男が起きても動じることなく作業を続ける。男は暴れるが、それは胡備師が取り押さえる。そんな中でも平然と固定器具を装着する様はなかなかに頼もしい。

腹を蹴られたほう――、いや、夏侯門を刺した患者も躊躇《ちゅうちょ》することなく治療している。こちらは腹に湿布を貼る程度だが。それでも自分を殺そうとした相手にこのように無心で接することができるのは大物の証拠であった。

「――我が師である白蓮に少し似ているかもしれない」

無論、姿形、容姿は似ても似つかない。無骨で大柄な体型、奴婢ですら着ないような襤褸切れ、診療所の経営方針、すべてが正反対であったが、それでもなにものにも動じないところや、慈愛に満ちた瞳は共通するような気がした。

そのように観察していると、夏侯門が胡備師になにか指示をしていることに気が付く。胡備師青年は大きくうなずくと夏侯門から鍵を受け取る。

「あれは？」

香蘭が尋ねると、夏侯門は淡々と説明する。

「あれは鉄格子の鍵だ」

「鉄格子があるのですか⁉」

「白蓮診療所にはそのような上品なものはないかな」

「あるわけないじゃないですか、うちは診療所です」

「白蓮殿は麻薬中毒者を患者だと思っていないようだな」

「先ほどのものを閉じ込めるつもりですか？」

「そうだ。無論、懲罰ではない。彼らから芥子の毒を抜くためにしばらく隔離する」

「たしかに彼らをまともに戻すにはそれしか方法はありませんが、時間の掛かる作業です」

「根気ひとつで人が救えるならば安いものだと思わないかね」

「たしかにそうですね」

香蘭はにこりと微笑むと、改めて夏侯門の慈悲深さに感服した。その感想を夏侯門に述べると彼は素直に「ありがとう、陽家のお嬢さん」と微笑んだ。

「………」

香蘭が沈黙してしまったのは「お嬢さん」と呼ばれたからではない。香蘭はまだそのように呼ばれる歳であるし、夏侯門との年齢差を考えれば当然の呼称であった。香蘭が引っ掛かったのは香蘭が陽家のものだと知っていることであった。――やはりこの〝夏侯門〟は東宮御所で出逢った〝夏侯門〟と同一人物なのではないか、そんな疑問が湧き出る。その考えを言葉にすると夏侯門はあっけなく肯定する。

「そうだ、陽香蘭よ。わしは内侍省東宮府所属宮廷医師、八品官の夏侯門だ」

香蘭が、しかし、という顔をしていたのだろう。言葉を発するまでもなく、夏侯門は説明してくれる。

「驚いているようだな。しかし、それも仕方ない。宮廷でのわしは悪徳貴妃の主治医。しかし、この貧民街でのわしは貧者に医療を施す変わりもの」

「はい、正直、驚いております。顔や形は宮廷でお見かけしたままなのに、ここではとても粗末な――」

言葉が途中で止まったのは本人の前で失礼かと思ったからだが、夏侯門は笑って許してくれる。

「粗末か、上品な言い方だな。さすがは一二品官。しかし、遠慮することはない。襤褸と言いなさい」

「襤褸……」

たしかにそうなのだが、言いにくい。年齢差もあるが、夏侯門のような人格者を卑下するような言葉は使いたくなかった。そのように話すと夏侯門は別の視点をくれる。

「なあに、襤褸を纏うことは恥ではないさ。むしろ身の丈に合わない官服を纏う方が恥だ。わしはこの襤褸服をここの住人から貰った。わしが救えなかった男の家族から貰ったのだ。ここでわしが着ている服はすべて貰い物だ。穴が空いたり、ほつれたりすれば誰かの女房が縫ってくれる。襤褸切れを襤褸切れで継ぎ足しているが、どのような官服よりも着やすい」

にこりと微笑む夏侯門。その笑顔はとても悪徳貴妃の主治医とは思えないが、もはや双子や別人である可能性を詮索する必要はないだろう。そんなことよりもなぜ、宮廷医ともあろうものがこのような場所で医療行為を行っているのかが気になった。夏侯門は包み隠すことなく教えてくれた。

「理由は単純、宮廷医は儲《もう》かる。東宮の弟君はどうしようもない男だが、金払いだけはいい。それに宮廷にいれば医薬品を入手しやすくなる」

「なるほど……」

白蓮診療所は闇医者である。白蓮自身、医道科挙に合格していないし、免状も持っていない。白蓮は「認可など糞食《くそくら》らえ」と国の許可を貰う気もないようだが、その方針には弱点もある。医薬品の入手難度が上がるのだ。この南都には無数の薬師《くすし》がいるが、彼らから薬を買うことはできない。正確には正規の値段で買えない。要は割高になるのだ。白蓮は独自の仕入れ先というか、薬を調達するために自分の山を持ち、管理人まで雇っているが、それには莫大《ばくだい》な金が掛かる。それならば〝普通〟に医者になって、正規の方法で仕入れたほうが維持費を安くできる。

――話が少しずれたが、なにが言いたいのかというと宮廷に席を置いて、医薬品を入手する伝手《つて》を得るというのは、悪い選択肢ではなかった。いや、むしろ賢明と言えるだろう。そのように評すと夏侯門は苦笑いを浮かべる。

「個人で大規模な医療を施すにはそれしか選択肢がない。わしも白蓮殿のように薬草を育てる山林を所有できればいいのだが」

「白蓮殿のような守銭奴で吝嗇でなければ所有することはできますまい」

「たしかに」

皺《しわ》を深める夏侯門。我が師白蓮の評判は南都の隅々まで行き届いているようで……。

これは今一度、師を諫《いさ》めなければいけないな、そんなことを思ったが、〝あの〟白蓮が改心するとも思えない。無駄な努力だろう。そのように思っていると夏侯門がこのような言葉をくれる。

「人はそれぞれ生きる道が違う。わしは薬代も払えないような貧民を治す。白蓮殿は薬代も払えないような貧民〝も〟治す。それでいい。どちらが偉いとか、上等という話ではないのだ」

深い言葉だった。人生の酸いも甘いも嚙《か》み分けたものにしか発せられない言葉だろう。彼が貧民に無料で尽くすにはなにか深いわけがあるに違いない。そう思うと興味を掻《か》き立てられたが、香蘭以上に興味を覚えたものがいた。先ほどから横にいる胡備師青年が興奮していることに気が付く。彼はその巨体を持て余すかのように揺れていた。顔が上気し、今にも立ち上がりそうであった。否、立ち上がった。彼は開口一番に叫ぶ。

「夏侯門先生！」

耳をつんざかんばかりの大声である。声量も抑えられないほど興奮しているようだ。

「先生の慈愛に満ちた心、それに先ほどのお手並み、この胡備師、感動しました」

「先ほどの手並み？」

香蘭は首をかしげる。慈愛に満ちた心は彼の今までの行動、今の会話で充分感じ取ることはできたが、先ほどの行動に夏侯門を感動させる要素はあっただろうか。考え込んでいると胡備師は心の内を説明する。

「夏侯門先生、先ほど麻薬中毒者を気絶させたときに使った手刀、見事でございます」

「…………」

沈黙する夏侯門。

「おれは武芸者。武侠の道を目指すもの。先生の技には感服致しました」

「わしは武芸者ではない。一介の医者だ」

「無論、先生の医術も素晴らしいと思います。しかし、先生の技は達人の域に達している」

瞳孔が開き、瞳が潤む胡備師。興奮が抑えられない様子。彼は夏侯門診療所の床にひれ伏すと頭を下げる。

「夏侯門先生、よろしければですが、この胡備師をどうか弟子にしてください。先生の仁の心と武芸の技を学びたいのです」

「仁の心と武芸の技か……」

軽く吐息を漏らす夏侯門。

「わしにそのようなものはない。特に前者はな」

「なにをおっしゃるのですか、我が父、胡車忠は常に言っていました。仁の心とは他人を慈しみ、尊重できる人物を指すと。夏侯門先生に以上に仁を体現した医者がこの世界にいましょうか」

夏侯門はその言葉に表情を変えた。その立派な髭《ひげ》を震わせた。

「今──、なんと言った？」

夏侯門の豹変《ひょうへん》した表情に胡備師は驚くが、すぐに返答をする。

「先生ほど仁を体現したものはいない、と申し上げたのですが。これは事実にございます。勿論《もちろん》、命の恩人である白蓮先生も尊敬しておりますが、尊敬は並立するものだと──」

「違う。そうではない。今、胡車忠と言わなかったか？」

「はい。申しました。おれの父の名です」

「──お主、胡車忠の息子なのか？」

「はい」

「しかし、息子は腕を切り落とされて死んだはず……」

「父は亡くなりましたが、おれは健在です。件《くだん》の白蓮先生に父の腕を移植してもらったのです」

「な、なんだと!? 腕を移植だと」

夏侯門は心底驚愕《きょうがく》する。胡備師の許可を取ることなく、その右腕に触れると唸る。

「むう、右の腕が一回り大きい」

「はい。父の命と遺志を受け継いだ証拠にございます」

たしかな誇りと確信を持って言う胡備師青年。彼の瞳を見つめる夏侯門。胡備師の瞳にはなんの穢《けが》れもない。ただただ己を極め、尊敬する人物に一歩でも近づきたいという思いしかない。夏侯門の側にいれば己を高められると確信しているのだろう。その姿は清々《すがすが》しいまでにひたむきであったが、夏侯門は困り果てているようだ。いや、心ここに在らず。心の臓をくり抜かれたかのように放心していた。

胡備師はその姿をいぶかしげに見つめる。なにか失礼を働いてしまったのではないか、そのように心配しているようだ。香蘭に助けを求める視線を送ってくるが、香蘭が見ていた限り、礼節を欠く言動は見られない。そもそも夏侯門はそういった些末《さまつ》なことを気にしない仁者に見えるのだが……。そのように考察していると夏侯門はようやく平常心を取り戻す。胡備師をしっかりと見つめると、うなずきながらなにかつぶやく。

「——きっとこれは天命に違いない」

そう聞こえたが、定かではない。それほどまでに小さな声量だったのだ。しかし、胡備師を受け入れることに変わりはなかった。

「それでは胡備師よ。わしを手伝ってくれるか？」

胡備師ははち切れんばかりの笑顔と共に「はい！」と、と頷き、夏侯門の手を握りしめた。両手をぶんぶんとふり喜びを表現する。それくらい嬉しいということであろうが、大きな犬のようにも見えた。きっと彼は犬のように働き、犬のような忠誠心を見せるだろう。

こうして夏侯門診療所で働くことになった胡備師。買い足した食料が無駄になったが、その分は夏侯門診療所に寄付すればいいだろう。香蘭と同じ考えに至った陸晋少年はそっと食料を炊飯係の女性に渡していた。

顚末《てんまつ》を知った白蓮は詰まらなそうに、「大食らいを養わなくて助かった」と言ったが、少し寂しそうだ。

「先方に迷惑を掛けたら悪いので、定期的に食料を差し入れろ」

と付け足す。時折、様子を見に行けということだろう。素直ではないな、と思ったが、そのことを指摘すればふて腐れることは必定なので、黙って夕食の準備を始める。今夜は茄子《なす》と挽肉《ひきにく》の炒《いた》めものだ。料理は陸晋少年の担当なので、香蘭は手伝うだけだが。しかしそれでも最近、盛り付けはなかなか上手くなった。料理が映える皿を選ぶことができるようになったのだ。美味しそうな茄子と挽肉の炒めものを食堂に運ぶ。その姿を見たら母親などは「うちの娘が使用人のようなことをしている」とよろめくこと必定であったが、使用人のようなことも楽しいのだ。少なくとも料理を運び、白蓮が美味そうに茄子を頰張る姿を見るのは好きだった。

菓子折を持って、夏侯門診療所へ向かう。白蓮が胡備師を押しつけたお礼をしに行けと命じたからだ。素直ではないものいいだが、夏侯門に会う口実になるので、有り難くその命令を受ける。

†

宮廷医と聖者を兼ねる医師夏侯門、その仁の心は香蘭の目指すべき医療のひとつの形だった。見習いたい。それに夏侯門は医師としての技術も優れていた。瞬時に症状を判断し、最適な治療を行う。無論、白蓮のような神懸かった医療は施せないが、それでもこの国における最良の治療を施す。この国の見習い医師である香蘭にはある意味、彼の手法のほうが現実的で参考になる箇所も多かった。出掛け際、そのことを陸晋少年に話すと、

「香蘭さんまで取られたら、どうしましょう」

と笑った。香蘭まで夏侯門診療所の門下生になったらどうしよう、と冗談を言っているのだ。

「まさか。わたしは仁も学びたいが、技術も学びたいのだ」

こちらも軽く冗談めかすが、実は心が揺さぶられている。陸晋少年の言葉で夏侯門診

療所の門を叩きたい気持ちが心の内にあることに気が付いてしまったのだ。夏侯門は貧者に徳を施す医師であると同時に宮廷で医者を務める官吏でもあった。香蘭の尊敬する祖父と同じなのだ。香蘭は東宮御所で見習い医をしているが、いつか正式に医者の免状を貰い、正式な宮廷医になることが夢だった。そして宮廷からこの国の医療を改革したいと願っていた。それは祖父がしていたことであり、中途で挫折した夢でもあるのだが、孫の香蘭はその志を受け継ぎたかった。

そのように亡き祖父のことを思い出しながら、夏侯門診療所に向かう。

夏侯門診療所は同じ貧民街にある。川を挟んで反対側なので、距離としては近いが、橋を使ってぐるりと回り込まないといけないので、そこそこ歩く。

実質的には隣町感覚だった。だから患者があまり重複せず、棲《す》み分《わ》けができているのだろう。もう少し近ければ患者の取り合いになっていたかもしれない。

「……そうなれば負けるのは我が師だろうが」

白蓮診療所の治療費は高い。目が飛び出るほどの高額な料金を請求される。一方、夏侯門診療所は基本的に無料だ。治療費を請求したとしても実費のみとなる。端《はな》から勝負にならない。――わけではない。たしかに掛かる金銭に違いはあるが、医療内容にも違いがある。白蓮診療所はこの世界でも最先端の西洋医術が受けられる。白蓮の腕前はまさしく神医で、千切れかけた腕さえも繋いでしまうのだ。腐すわけではないが、これは夏侯門には無理だろう。彼の医術には仁も技もあるが、それでも中原国の医術そのものだ。もしも夏侯門が先日の患者を診たら、腕を切り落とすしかなかった。いや、あの重傷だ。命を救えたかも怪しい。

ただ、それでも仁の心と徳に満ちた値段設定は、貧民街の人々たちには魅力的なのだろう。夏侯門診療所には長蛇の列ができていた。

「これを全員治療するのか。朝までかかってしまいそうだな……」

夏侯門診療所の列をぽかんと見つめる。白蓮診療所の無料診療の日と同じにくらいに混雑していた。並んでいる患者に話を聞くと、この列は毎日のように出来るらしい。つまり夏侯門は東宮御所にいるとき以外は常に無償で医療を施しているということだった。

「休まる暇もないな」

素直な感想を口にすると、後ろから同意の声が聞こえる。

「まったくその通り」

見れば包帯の山を抱えた胡備師青年がいた。彼は朝早くから夏侯門の手伝いをしているようだ。その献身的な働きをねぎらうと、彼は首を横に振る。

「おれなど働いている内に入りませんよ。夏侯門先生の万分の一も働いていません」

「比べる相手が悪すぎるだけです」

「たしかに。しかし、この診療所を手伝っている方々に比べてもまだまだでしょう」

周囲を見渡すと、たしかに忙しく働く人々が見える。彼ら彼女らは、入院患者の食事の用意をしたり、寝具の洗濯をしたりしていた。皆、無償で。

「あの方々は夏侯門先生に命を救われた方々です。貧しきものゆえ、金子は払えないからと労働力を提供してくださっているのです」

「有徳の士《し》ですね」

「ですな。見習いたいものです」

「十分、見習えていると思います。しかし、こんな調子では夏侯門殿から武術の神髄を学べる時間もありませんね」

　香蘭は冗談めかして言ったが、胡備師は首を横に振る。

「夏侯門先生の生き様が教本となります。患者に包帯を巻く、洗練された所作、骨接ぎをする動きなど、すべてが武術に応用できる」

　最初、胡備師も冗談を言うのかと解釈したが、しばし話し込むとそうではないことに気が付く。包帯を診療所に届け、食い入るように夏侯門の動きを見つめる胡備師。その目は武術を極めんとする武芸者そのものだった。さらに付け加えれば夏侯門もまた武芸者だった。ぴんと背筋を伸ばすその姿、まるで剣豪が真剣を持ち、どっしりと構えているようにも見えた。その感想を胡備師に伝えると彼はにたりとする。

「さすがは香蘭さん、気が付かれましたか」

「陽家は代々文官の家系です。しかし、父は文官ながら武道も嗜《たしな》みます。庭で剣舞をすることがあるのですが、そのときの感覚に似ています。……もっとも、ここまで洗練されていませんが」

「それが分かるだけでも才能ありですよ。どうですか、これから一緒に素振りでも」

「止めておきましょう。自分の足を斬るのが関の山だ」

自分の才能のなさは自分が誰よりも知っている。香蘭は生まれてからこの方、運動とか武芸とか、そういったこととは無縁の人生を送ってきた。女に生まれたからということもあるが、それ以上に幼き頃から身体を動かすことがなかったのだ。いや、仮にあったとしても駄目だろう。白蓮いわく、

「おまえに医者としての才能があるとしたら、運動音痴なことだな。余計なことに気を捕らわれずに済む」

と言われたことがあるくらいだ。正論である。駆けっこをすればその辺の幼児にも負ける自信があった。そんな娘が今から剣術の稽古などしてもなにもかもが遅いはずである。そのように主張すると、胡備師は苦笑いを浮かべる。香蘭はなぜ胡備師が夏侯門の弟子になったか、尋ねてみる。

「そういえば胡備師さん、どうして夏侯門殿の弟子に？　いや、武術を極めたいという気持は分かりますが」

「ああ、たしかに武術を極めるのならば、この南都にある剣術道場にでも行けばいいですものね」

「そうです。たしかに夏侯門殿は医術の達人であり、武術の心得もあるでしょうが、非効率的な気がします」

「その通りです。しかし、おれは〝骨接ぎ〟になりたいのです」

「骨接ぎ？」

「骨接ぎとは骨折したものを治すもののこと。骨折専門の医者ですな」

「いや、さすがにそれは知っていますが。初耳ですね」

「意外でしょうか。いや、そうかもしれませんね。このように図体《ずうたい》がでかいものが骨接ぎなど」

「そうではありません。武芸者が副業で骨接ぎを営むのは珍しくない」

むしろ武芸者と骨接ぎの相性は最高だ、武芸者は骨をよく折るため、その治療方法にも精通していることがあるのだ。だから武術の道場を経営しながら、副業として接骨院を経営しているものは多い。胡備師もそのような〝普通〟の武芸者になりたいようだ。

「無論、諸国を漫遊して武芸を極めるのも楽しいですが、どうやらおれは地に足が着いた生活が似合っているようです」

笑みを浮かべる胡備師。そんな青年に香蘭は尋ねる。

「ならばそうすればいいではないですか。どうです、この南都で道場と接骨院を開いてみては」

「魅惑的な誘いですな。――しかしそれは出来ません」

先ほどまで浮かべていた笑顔を取り払うと一際真剣な表情をする胡備師。彼は自分の胸中を包み隠さず話す。

「おれは父を斬った男を許さない。いつか必ず見つけ出し、天誅《てんちゅう》を加えます。この南都にやってきたのも白蓮先生に医療費を支払うためでもありますが、この地に父を斬ったものがいるという情報を得たからでもあるのです」

「御父上《おちちうえ》を斬った人物がこの南都に……」

「はい。父の仇《あだ》である人斬り廉国《れんごく》は、この南都に潜伏している可能性が高いと漂泊のものに聞きました。おれはここで修行するかたわら、廉国を捜しているのです」

「なにか手がかりのようなものはあるのですか？」

「あります。男の右腕には火傷の痕があるはずです」

「火傷の痕……。この南都には右腕に火傷を負った男は無数にいると思いますが」

「その通りです。しかし、廉国の火傷は特殊な形をしています。星の形をしているのです」

「星？」

「天地にある星を鳴動させるような剣豪になるため、星震の誓い立てたと嘯いております」

「星辰《せいしん》と掛けているのですね」

「左様です。ですから腕に星の形をした剣豪を探し出せばいい。いつか必ず見つけ出せるでしょう」

「…………」

協力いたします、とは言えない。香蘭は医者の卵として仁を極めようとしている身分。そのようなものが敵討ちに協力することなどできない。もしも仇を見つけてしまったら、胡備師は迷うことなく、そのものを討ち果たすだろう。それを手助けしてしまったら、霊廟《れいびょう》に祀《まつ》られているご先祖様に申し訳ができない。特に尊敬する祖父には顔向けできない身体となってしまうだろう。そのように逡巡《しゅんじゅん》していると胡備師は「はっは」と白い歯を見せる。

「分かっていますよ、香蘭さん。あなたは医者だ。人殺しの手伝いなどさせるわけにはいかない。それにこれは俺自身の問題だ。自分で仇を見つけ出し、自分で始末を付けます。だからそのように物憂げな顔はしないでください」

「……協力はできませんが、胡備師さんのご無事は祈っております」

香蘭は妥協点としてそのように声を掛けると、そのまま夏侯門の手伝いをすることにした。菓子折は白蓮からの差し入れだが、夏侯門診療所は菓子よりも労働力が不足しているように見えた。特に患者の数に対して医者が不足しているように見える。猫の手ならぬ見習い医の手は喉から手が出るほどほしいだろう。そう思った香蘭は服の袖をたくし上げながら、夏侯門に話し掛ける。

「夏侯門殿、お手伝いいたします」

その言葉を聞いた夏侯門はにこりと微笑むとあごで隣の椅子を使うように指示をした。香蘭は隣の椅子に座ると腹を壊した少年を診療することにした。陽家秘伝の散薬を処方すると、少年とその母親はとても喜んでくれた。

その間、夏侯門は妊婦の診療をしていた。この妊婦はもしかしたら逆子かもしれないのだという。逆子は難産になることが多い。さらにこの女性は心臓に疾患があり、出産に耐えられない可能性があるという。香蘭の不安げな表情に気が付いたのだろう。夏侯門は「心配するな」と声を掛けてくる。

「わしはかれこれ五年、貧民街で医療を施している。多くの子を取り上げてきた。無論、儚《はかな》くも死産してしまった子もいるが、この女も子も死すべき定めにない」

「なぜ、分かるのです？」

「天命だ」

と言い切る夏侯門。答えになっていないような気がするが、彼の〝勘〟は経験と理論に裏打ちされたものであった。呪《まじな》いめいたものではない。彼の実績を信じるべきだろう。

そう思った香蘭は、夏侯門の検診を横目に見て吸収しようと努める。といっても夏侯門はなにか特別なことをするのではなく、逆子が改善するように運動を勧めていた。香蘭は夏侯門と妊婦のやりとりを心の中に刻みつけると、将来、妊婦を健診するときに役立てようと思った。その姿を見て胡備師が「将来、香蘭さんは誰の子を産むのでしょうか」と言ったのは繊細さに欠ける発言だった。そのことを指摘すると彼は悪びれずに「無骨者ゆえに」と微笑んだ。その顔を見ていると怒る気もなくなる。香蘭はその後、太陽が沈むまで夏侯門診療所で診療を続けた。

†

その後一週間、夏侯門診療所と白蓮診療所を行き来する。その様子を白蓮は皮肉気味にこう表する。

「通常、人妻と他家の娘は容易に貸し借りできないものだが、陽家のお嬢様だけは例外らしいな」

貸し付けている本人にそのようなことを言われるのは癪《しゃく》であるが、気にしない。それよりも明日、白蓮診療所にこられない旨を話す。

「なんだ、夏侯門一門に寝返るつもりか？」

ちっとも惜しくなさげに言われるのも癪であるが、これも無視すると事実を伝える。

「忘れましたか、明日は東宮御所に参内する日です」

「ああ、そうだった。通い妻の日だったな」

「なんですか、その誤解を招くような呼称は」

「劉淵から聞いているぞ。女房のように事細かに食事の指示をされ、寝所の布団の堅さまで注文を付けてくると。愛妾よりも口うるさい、と言っていた」

「すべては東宮様のご健康のため。この中原国の運命は東宮様の双肩に掛かっています」

「なるほど、ならば閨《ねや》でご奉仕でもして肩の力を抜いてやれ」

際どい冗談を口にする白蓮をたしなめる。

「そのような物言いばかりしていると若い女性に嫌われますよ」

「安心しろ。俺は熟れた果実が好きなんだ」

改める気がないようなので、そのまま無視をするとその日は白蓮診療所で働いた。

翌日、香蘭の家の前にはいつものように御所からのお迎えの馬車がやってくる。とても立派な馬車だ。いや、この馬車はそんな言葉では言い表せないほどの価値を持つ。この馬車には玉と呼ばれる宝石がはめ込まれ、皇室の旗印も立てられている。通常、このふたつは皇帝か皇太子しか使用することを許されないものだった。どのような大貴族も大商人も使うことが許されないのである。それを迎えとはいえ、使わせてくれる東宮の気前はすこぶるいい。

この馬車がやってくるだけで、近所のものはなにごとかと集まり、嘆息にも似た吐息を漏らすのだ。なかには涙を流し、ひざまずく老婆もいた。

香蘭自身、そのような権威じみたことは嫌いなのだが、香蘭の母親は喜ぶ。母は馬車がやってくると知ると朝からそわそわし、まるで己の結婚式でも開くかのような化粧をする。そして馬車を見ると老婆よりも涙ぐむ。今日も鼻水を流すほど感動していた。使用人に鼻をかんでもらいながら、香蘭を見送る母親。――まったく、しょうがない人であるが、基本的に母のこのような性格も愛していた。また自分を産んでくれた大切な母でもある。こんなことで孝行になるのならば安いものであった。

香蘭は仁・義・礼・智《ち》・信・徳・孝・忠の八条を大切にするように育てられた。その中でも仁を一際大切に思っているが、孝もまた大切に思っていた。

そのような気持ちを抱《いだ》きながら馬車に揺られると、東宮御所に到着する。いつものように皇太子の健康を管理するため、政務所に向かうが、途中、煌《きら》びやかな衣裳を身にまとった貴妃とすれ違う。香蘭は廊下の端に身を寄せる。このものの位階は知らないが、着ているものから察するに確実に香蘭よりも身分が高い。宮廷において位階は絶対で、ひとつでも低ければ礼を尽くさねばならない。

すれ違うとき、香蘭は軽く貴妃の顔を覗き見たが、覚えはなかった。

（東宮様の貴妃ではないな……）

そのような感想を抱く。香蘭はなかば東宮の主治医なので彼の貴妃の大半は顔を覚えていた。顔を知らないということは必然的に東宮の貴妃ではないということになる。

（ということは弟君の貴妃か）

中原国の東宮には劉盃《りゅうはい》という弟がいる。年齢はみっつほど下だ。兄弟でとてもよく似ているが、劉淵が線の細い美丈夫なのに対し、劉盃は病的な線の細さだった。不健康というわけではない。なにか陰気な影が差しているのだ。白蓮いわく、「それを一言で言い表すと〝陰険〟になるんだよ」と教えてくれたが、間違ってはいない。その陰険な弟君は無類の女好きで美しい貴妃を多く囲っていた。そのうちのひとりなのだろう。そう思って覗き見ていたわけだが、最悪なことに視線が合ってしまった。

蛇のような目をした女だった。香蘭は慌てて視線を外し、頭を深々と下げるが、手遅れだった。

「見慣れない顔ね」

貴妃は胡散臭《うさんくさ》いものを見る目付きで香蘭を見下ろす。しかしそれも仕方ない。香蘭の着物は上質なものだったが、貴妃が着るような華やかさはない。それに化粧も控えめだから、その辺の村娘と大差ないのだ。煌びやかな後宮では明らかに浮いていた。香蘭はうやうやしく事情を説明する。

「わたくしの名は陽香蘭。東宮様の見習い医を仰せ付かり、一二品の位を頂いております」

「ああ、あなたが件の宮廷医の娘ね。知っているわ。東宮様も面白い娘を飼っているわね、と後宮ではその話題で持ちきりだったのよ。もう、みんな飽きてしまったけれど」

「……恐れ入ります」

面白い娘というのは決して好意に満ちた意味で使われているのではないだろう。香蘭の家は一応、名門ではあるが、祖父は宦官だ。宦官の身分は低いということになっている。少なくとも後宮で持て囃される家柄ではない。そのことは重々承知していたが、劉盃の貴妃の「宦官の孫娘と聞いたけれど」という言葉に反応してしまったのがいけなかったのだろう。祖父を大切に思っていることを一瞬で看破されてしまった。香蘭が祖父の悪口を言われるのが一番厭なことを一瞬で見抜かれてしまったのだ。そうなれば貴妃に躊躇う事情はなくなる。東宮とその弟は政敵であると同時に、珠玉の玉座を争う競争相手でもあるのだ。激発させて立場を悪くさせようとする意志が働いてもおかしくなかった。劉盃の貴妃は魔窟のような後宮で鍛え抜いた悪口をさらりと吐く。

「宦官というのは殿方の〝証《あかし》〟を切り取ったもののことよね。あなたはどうやって生まれてきたのかしら。あなたのおばあさまが切り取ったアレで自分を慰めたの？」

最大級の侮辱をしてくる貴妃。香蘭は怒りを抑え、冷静に話す。

「父が祖父の養子になりました。先々代の内府様も宦官の養子になって家を継いでいらしたと聞きます。その例と同じです」

「ああ、なるほどね。そういう手もあるのね、うふふ、ごめんなさい。こういうことに疎くて」

無知と清純を装っているが、彼女の心底がどす黒いのは分かる。この手合いと関わり合いになっていい試しはない。そう思った香蘭は「東宮様に呼ばれているので」という台詞を口にし、その場を立ち去ろうとするが、そんな香蘭の背中に追い打ちが掛けられる。

香蘭が背を向けてから数秒後、貴妃はわざとらしく言葉を口にする。

「ああ、思い出したわ。陽概統《ようがいとう》、そう、陽概統よ。たしか先代と今上帝にお仕えしていた御典医にそのようなものがいた。でも――」

止めねばいいものを香蘭は足を止めて彼女の言葉の続きを聞いてしまう。

「たしか陽概統はみずから望んで宦官になったのではなく、反乱共謀罪の累が及んで腐刑になったのよね」

腐刑、その言葉を聞いた香蘭の身体がこわばった。腐刑とは男性の性器を切り取る刑罰のことだ。死刑に次ぐ酷刑としてしられ、刑罰としてそれを受けるものは大変不名誉とされた。貴妃は祖父が〝腐刑〟としてそれを受けたとなじっているのだ。

香蘭は悠然と振り向くと、毅然《きぜん》とこう言い放った。

「祖父はたしかに朝廷より腐刑を賜りましたが、事情があってのことです」

「へえ、どんな事情があるの？」

「当時反乱を起こした呉房《ごぼう》という将軍の累が及んだのです。〝友〟として彼を治療してしまったので腐刑に処されました。しかし、それは名誉なこと。友誼《ゆうぎ》と義理に従ったのです。一族では誉れの義士として尊敬されています」

「へえ、わたくしが聞いた話とは違うけれど」

「貴妃様はどのような噂をお聞きで？」

「なんでも先代の皇帝の公主様に手を出したという話を聞いたわ。畏れ多くも朝廷にお仕えする医者が皇帝の娘に手を出したと」

「…………」

香蘭は己の唇を真一文字に結ぶ。その噂は南都でもささやかれているからだ。もっとも不名誉な噂であり、陽一族のものは誰も信じていないが。

「……根も葉もない噂でございます」

「あら、そうかしら」

「もしもその噂が真実ならば、祖父はその後、宮廷にはいられなかったでしょう。ましてや皇帝陛下の御典医を勤めるなど」

「ふふふ、今上帝《きんじょうてい》はお変わりものだから」

含みのある笑みを漏らすと香蘭の祖父をさらに侮辱する。

「まあ、真実は闇の中だけれど、少なくともこの宮廷で生きるものは皆、あなたのお祖《じ》父《い》さまが不忠の士であることを知っているわ。いや、腐刑になったのだから腐忠の士ね」

けらけらと笑う。その後、祖父がどれくらい好色であったか、ありもしない話を延々とする。なんでも医者である立場を利用して、公主様を惑わしたのだそうな。なにもしらぬ公主様に淫らなことをしたと主張する。そんな業の深い男だから、孫娘に女しかいないのだ、と言い出したとき、香蘭の堪忍袋の緒が切れた。

香蘭は無言で貴妃に近づくと、右手を振り上げる。平手打ちを喰らわせようとしたのだ。無論、そのようなことをすれば香蘭の宮廷での立場は著しく悪くなる。いや、それどころか追放されること必定だろう。しかし、香蘭はその手を止めない。自分はいかように馬鹿にされてもなんとも思わないが、祖父や家族は別だ。香蘭は彼らを敬愛していたから、彼らを馬鹿にされることがどうしても許せなかった。

香蘭の右手が右から左に移動する。ぶん、と空気を切り裂くが、それが貴妃の頬に当たることはなかった。途中、大きな影によってそれが遮られたのだ。その影は香蘭の右手をがりしと摑むと言った。

「陽香蘭殿、いけませんな。宮廷でこのようなことをされては」

影を見つめる。その影はよく見知った人物の影だった。内侍省東宮府所属宮廷医師、八品官夏侯門である。

「夏侯門殿！」

香蘭の声は覇気に満ちていた。なぜ、腕を振り切らせてくれない、そんな思いしかなかった。しかし、すぐに冷静な夏侯門の声に諭される。

「貴殿の右腕はこのようなことをするためにあるのではない。この国の舵取りをされている東宮様のためにあるのだろう。必至に医療の在り方を哲学されている白蓮殿のためにあるのだろう。一時の感情に惑わされて、それをふいにされるつもりか？」

東宮と白蓮の顔が思い浮かぶ――父祖の顔も。香蘭は自分の目的を思い出す。そうだ、自分は貴妃と喧嘩をするためにここにいるのではない。東宮様の健康を管理するため、この国を癒やす手伝いをするためにここにいるのだ。やがてこの国すべてを癒やす宮廷医となり、祖父が掲げた〝仁〟の医療を体現する存在になる。それが香蘭の夢であった。いや、定めであった。それを思い出した香蘭は身体から力を抜くと、すうっと右手を戻した。そして深々と貴妃に頭を下げながら弁明した。

「……驚かせてしまって申し訳ありません」

無論、貴妃は謝罪を受け取らない。そもそも彼女の目的は香蘭を激発させ、それを持って香蘭を宮廷から追い出すことにあるのだ。ここにきてそれを躊躇う理由はなにもなかった。貴妃はしつこく香蘭を糾弾しようとするが、それを制したのもまた夏侯門だった。

「新容《しんよう》様」

野太くも重厚な声でそう口にすると、彼はこう続けた。

「香蘭殿は新容様を刺そうとしていた蜂を追い払おうとしたのです。彼女はあなたの命の恩人ですぞ」

「夏侯門、あなたは主である劉盃様の寵姫に逆らうつもり？」

美しい眉をつり上げる新容。

「まさか、そのような意図はありません。本当に蜂がいたのです」

信じられないわ、と抗議する新容に夏侯門は腰の刀を抜く。きゃあ、っとのけぞる新容だが、気にすることなく、夏侯門は剣閃《けんせん》を放つ。その目にも止まらぬ早業、新容は勿論、香蘭もついて行けないが、彼は言葉ではなく、行動によって先ほどの〝法螺〟を現実にする。

剣を振り終え、腰の鞘《さや》に戻すと同時に、ぽとりとなにかが落ちる。それは親指大の大きさの蜂だった。真っ二つにされた蜂が地面に落下していた。

「ひい、大きい」

「新容様は幼き頃に蜂に刺されたと聞きました。蜂は二度目に刺されたときが大変だという話もあります。お気を付けあれ」

その言葉で幼き頃のことを思い出したのだろう。新容は顔色を変え、その場を立ち去る。慌ててそれに付き従う彼女の侍女たち。彼女たちが廊下の角を曲がったとき、香蘭は夏侯門に深々と頭を下げた。

「ありがとうございます。危うく宮廷を追放されるところでした」

「宮廷は魔窟。言動には注意されよ」

夏侯門は一際真剣な表情でそう言うと、表情を崩す。

「まあ、気をつけてもどうにもならないのが宮廷の恐ろしいところなのだが」

「たしかにそうですね」

苦笑いを浮かべる香蘭。どのような聖者も難癖を付けられるし、どのような悪者でも生き残るのが難しいのが宮廷という伏魔殿であった。夏侯門はそれを知悉《ちしつ》していたし、香蘭は祖父からそのことを伝え聞いていた。

「それにしても先ほどの剣技、見事です」

「有り難《がと》う」

「胡備師さんが夏侯門殿は無敵の武芸者だと言っていましたが、本当だったのですね」

「それは過大評価だが、昔、剣術を嗜《かじ》っていた」

遠くを見つめながら過去と向き合う夏侯門。「しょせん、人斬りの技術だが、稀《まれ》に人を救うこともあるのだな」と、どこか悲しげにつぶやいた。その瞳に夏侯門の深淵《しんえん》なる悲しみを見たような気がした。香蘭は自然と質問をしてしまう。

「──もしかして過去になにかあったのですか？　夏侯門殿が宮廷医と町医者を同時にこなされているのにはなにか訳があるのですか？」

そう尋ねてしまった。その質問を受けた夏侯門は悲しげな表情をした。香蘭は出過ぎてしまった、そう思って自分を恥じたが、夏侯門は首を軽く横に振るとこう切り出した。

「香蘭殿の祖父、陽概統殿とは面識はないが、彼は誠の義士だった。宮廷医の誉れのようなお方だった。そのような方の孫娘と出逢ったのはなにかしらの縁なのだろう。香蘭殿、わしの詰まらない昔話に興味がおありかな？」

夏侯門の提案に香蘭は即答する。「是非」と。

†

東宮御所には花園がある。文字通り花に埋め尽くされた庭園だ。東宮御所の主は、「花など食べられない」という価値観を持つ人物であったが、だからといって花を愛でることを否定する狭量な人物でもなかった。貴妃たちが喜ぶであろう、と花園を手入れする予算をケチることはなかった。東宮の度量の広さを示す逸話のひとつである。香蘭と夏侯門はその度量の恩恵に浸るため、花園に向かうとそこで花を愛でた。

無数に咲く紫陽花《あじさい》の道を歩くと、藤棚に包まれたあずまやが見えてくる。そこは東宮の一番のお気に入りの場所らしい。かってそこで寵愛《ちょうあい》した貴妃《きひ》帰蝶《きちょう》に二胡《にこ》を弾かせ、政事で疲れた身体を癒やしていたという……。

香蘭はどこか懐かしさを覚えながらあずまやに向かう。夏侯門は椅子に腰を下ろし、香蘭に隣に座るように指示する。香蘭はその勧めに従うと、あずまやから藤棚を眺めた。

「藤の花は美しい。世界が紫で包まれているようです」

「紫は高貴な色。古代は王しか纏うことを許されなかった」

「官服では未《いま》だに紫は駄目ですよね」

「ああ、それゆえに数が出回らないから、庶民にも高値の色になっているが」

「残念な限りです。しかし、わざわざ服を着なくても、ここにくれば目を楽しませてくれる」

「そうだな。有り難いことだ」

そのような世間話をすると、香蘭は先ほどの話の続きを聞きたいと切り出す。花の世界に行っていた夏侯門は「……そうか、そのためにきたのだった」と軽く笑みを漏らすと、語り始めた。

「わしはこの南都に古くから栄える貴族の家に生まれた」

「南部貴族ですね」

南部貴族とは読んで字の如《ごと》く、中原国南部の貴族のことだ。この国は大きく北部と南部に分かれる。北部は北胡国に国土の大半を奪われてしまったので今、実効支配する貴族はいない。数十年前、北都《ほくと》を北胡に奪われた際、北の貴族たちは当時の皇帝を〝文字通り〟担いで南部に逃げてきた。その際、北部から南部に領地替えとなった貴族も多いのだが、ここで不公平が生じる。北部貴族の領地は一時的な代替領地ということになり、税金が安かったのだ。一方、昔から南部に根を張る旧来の貴族たちは通常よりも多くの税金を課された。いずれも北部奪還までの〝一時的処置〟とのことだったが、その一時的な処置もすでに数十年に及ぶ。

南部の貴族たちからはその不平不満がよく聞かれたが、夏侯門はどうでもいいようだ。

「わしは南部の貴族だが、その辺は皇帝陛下が決めること。正直どうでもいい」

「立派なお考えです」

夏侯門は「そのようなたいそれたものではない」と首を横に振る。

「元々、政事にたいして興味がないだけ。わしは夏侯家の長男であるが、幼き頃より道楽者でな。物心ついたときからなにかしらに熱中していた」

最初に熱中したのは天文学だった。

「ある日、夜空を見上げていたら、ふと気になった。あの漆黒の世に浮かぶ光はなんだろうと。下男に尋ねたら彼は分からないという。気になって父母に尋ねたら、父は貴族が星々になど気を止めるな、と言った。母は逆に遙か遠くに蛍が飛んでいるのです、と子供だましなようなことを口にした」

「逆にそれで好奇心に火が付いた、と」

「そうだ」と、うなずく。

「以来、わしは天文学の書物を集めた。実家の書庫に入り浸っては日がな一日、星の動きを研究した」

「賢い子供だったのですね」

「賢《さか》しい子供だよ」言い切る夏侯門。「それに飽きっぽい子供だ」と付け加える。

「とおっしゃられますと？」

「天文学をある程度学ぶと、次は数学を学んだ。その次は易学だ。あらゆる学問を少しだけ齧ったが、生涯を賭して極めようと思った学問には出逢うことはできなんだ」

「なるほど」

「実はその頃、薬学や医学も修めていた。わしの家は南部貴族の範方薬《はんぽうやく》を扱う家系だったからな」

「医者の家系だったのですか」

「うむ」

「しかし、わしは家業が嫌いだった。我が家は貴人専門の医者だからな。平身低頭に頭を下げ、もしもなにかあれば責任を取らされる宮廷医が馬鹿げた職業に見えた。だから学問として範方薬や医術は学んだが、それも天文学や数学と同じ感覚だった」

「つまり趣味、ということですか」

「うむ」

「意外です。夏侯門殿のような立派な方は幼き頃から立派な志を持っていらしたと思っていました。わたしのような凡百なものとは違うと思っていました」

「事実はまったくの正反対だ。一五で学問を囓り、二〇で飽き、三〇にして立ち、四〇にして惑わず、五〇にして天命を知る、というやつだな」

儒者の言葉の一部を引用し、つまり、と夏侯門は続ける。

「それまで好きなように学問を修めていたわしは、二〇にしてようやく、人生を賭けることができるものと出逢う。それが剣術じゃ」

「二〇にして覚えたのですか⁉」

驚いたのは剣術自体に興味を持ったことではない。二〇歳で剣術を始めたことだった。

普通、その歳から剣術を始めるものはいない。

「ふふふ、やはり驚くか。まあ、しかしそれも仕方ないな」

「当たり前ですよ。古今聞いたことがありません」

「たしかにわしも聞いたことはない。夏侯家は文官の家柄。家族にも先祖にも武人はいなかった。だから家にはろくに剣もなかった。しかし、ある日、わしは南都の酒家で喧嘩をしてな。そこで酔客から剣で斬り掛かられた」

　夏侯門は目をつむると、当時のことを生々しく話す。

「文官の家に生まれたわしはひ弱だった。朝から晩まで書物を読んでいるような男だったからだ。肌は蒼《あお》く、骨はか細い。しかし妙に背が高く、それがまた不均衡だった。それゆえに生意気だと思われたのだろう。だから酒家で絡まれてしまった」

　香蘭は黙って夏侯門の昔語りを聞く。

「初めて訪れた酒家だったので当時のわしはどうしていいか戸惑った。一緒にやってきた学友もどう対応していいか分からずおどおどしてしまった。それがいけなかったのだろう。酒家の裏に連れ込まれると、金子を奪われた。一緒にやってきた学友は剣で腹を切り裂かれた」

「それは恐ろしかったでしょう」

「いや、逆だ。わしは興奮した。わしよりも学問を修めたはずの学友が一瞬で殺された。二〇年積み上げたものが一瞬で無になったのだ。どのように学問を修めようとも圧倒的な暴力の前にはどうにもならないことを知った。わしはその事実に興奮し、気が付けば路地裏に転がっていた石で相手を殴りつけていた」

「…………」

「頭部から血を流し、倒れる酔客。わしはその酔客が落とした剣を奪うと、もうひとりの酔客に斬り掛かっていた。気が付けば足下には三人の酔客と、先ほど腹を斬られた学友が転がっていた」

「…………」

「その瞬間気が付く。わしは学問を修めるためにこの世に生まれたのではない、と。医者になるために母親の胎《はら》から這《は》い出《で》てきたのではない、と。わしはこれを握って人を斬るために存在していると。そう確信したわしは、以後、剣を振るい続けた」

夏侯門は顔色ひとつ変えることなく、過去を告白していく。

「その後、わしは南都の名だたる武芸者の道場に入門するとそこで頭角を現す。夏侯一族であることを秘しての入門だったにも関わらずたったの一年で免許皆伝を貰うと、以後、ただ、ひたすら強さを求めて修行に励んだ」

「……修羅道《しゅらどう》ですね」

「正しくその通り。当時のわしは修羅道に落ちた畜生も同じだった」

「そのように卑下なさることもありますまい。当時のことは知りませんが、今は立派な仁者となり、医療を施しているではないですか。あなたによって命を救われた人間は数多《あまた》いるはずだ」

「そうだな。しかし、わしによって命を落としたものもまた数多いる。なぜならばわしは——」

夏侯門の言葉が止まったのは、自分の罪を告白することに躊躇を覚えたからではない。血相を変えた女官が飛び込んできたからだ。

「た、大変です。夏侯門様、き、貴妃様が。新容様が倒れられたのです」

「なに⁉」

過去の世界から現実に戻る夏侯門。憂いに満ちた表情はもはやない。

「なにがあったのだ？」

「蜂です。蜂に刺されてしまったのです。蜂の巣を使って他の貴妃に嫌がらせをするように命じられたのですが……、逆に新容様が刺されてしまって」

「……まったく、どうしようもないお方だ」

夏侯門は深く吐息をするが、見捨てるわけにもいかないので、貴妃の診療をするために、彼女の館に向かう旨を伝える。女官は喜び案内しようとするが、香蘭は途中、夏侯門にこう言われる。

「新容様が蜂に刺されたのは二度目だ。この意味が分かるな」

「はい。蜂毒症《アナフィラキシーショック》の可能性が高いですね」

蜂毒症とは、アレルギー反応の一種である。多くは蜂の毒によってもたらされるが、不思議なことに一度目の毒ではなにも起きないことが多い。症状が出るのは「二度目」以降。アレルギーという医学用語すらない中原国の人間にはちんぷんかんぷんであるが、香蘭が今語るべきは蜂毒症が命に関わる危険な症状であること、白蓮がそれを治療する特効薬を持っていることだけだった。そのことを夏侯門に伝えると、彼は「うむ」とうなずいた。

香蘭が白蓮を呼びに行く。夏侯門は治療に当たる。即座に役割分担をすると、そのまま分かれようとするが、別れ際、香蘭はとあることに気が付いてしまう。夏侯門が官服から白衣に着替えようとした瞬間を見てしまったのだ。小間使いの女童に持たせていた白衣に着替えようとしたとき、香蘭は彼の右腕に星の印にも似た火傷があることに気が付いてしまう。

──一瞬。ほんの刹那の瞬間であったが、たしかに夏侯門の腕には火傷があった。

(──星震の火傷。人斬り廉国)

それは先日、胡備師が言っていた傷だった。彼の父の命を奪ったものが持っている傷と同じものだった。香蘭は即座にそのことを思い出すが、その傷を見たことを秘した。反応しないようにした。だから夏侯門に気が付いたことを気が付かれなかったと思うが……。

そのように夏侯門を見ると、彼は淡々と尋ねてきた。

「香蘭殿？　どうされた？」

「――いえ、なんでも」

「そうか。ならば確認を。わしがこの場でする処置としてはまずは蜂の針を取り除くこと、患部を持ち上げること、湿布を貼ること、でいいか？」

「はい。白蓮殿はそれが基本的な対処法だとおっしゃっていました。あとはアドレナリンなるものを注射するそうです」

「ではその〝あどれなりん〟という特効薬を持ってきてもらおうか」

「はい」

香蘭はそう言い残して夏侯門に背を向けた。彼の顔をまともに見ることができなかった。

その後、香蘭は診療所から白蓮を呼んでくる。痙攣《けいれん》し、泡を吐いていた新容はアドレナリンを注射されるとすぐに容態を安定させた。

白蓮は夏侯門の手際のいい処置を褒める、夏侯門は白蓮の神仙のような医術を褒めそやす。互いに互いの腕前に一目置いているようだ。市井の医者同士、通じ合うものもあるのだろう。善い関係を築けそうなふたりであったが、香蘭の頭の中は混沌《こんとん》に満ちていたので、そのことを素直に喜べない。押し黙ったまま治療が終わるのを見守るしかなかった。

香蘭は白蓮とともに貴妃の館をあとにする。その帰り道、白蓮は香蘭に尋ねてくる。

「——なにか相談したいことがあるのか？」

白蓮はいい加減な男であるが、他人の気持ちに鈍感ではない。繊細な男なのだ。ただ、他人の気持ちを知っていても忖度《そんたく》しないだけ。しかし今日に限っては珍しく優しげな声を掛けてくれた。師の気まぐれにも似た配慮は疎《おろそ》かにはできない。意を決した香蘭は相談をすることにした。ただし、夏侯門が胡備師の仇であることは伏せて。

「——もしも、もしもです。尊敬すべき人物が、過去、大罪を犯していたとします。しかも自分の友人や家族に対して」

「悪党だな」

「悪党でした。ですが、今は違います。改心し、聖者の徳を持って人民に接するような仁者となっています」

「人は変われるものだな。見習いたくもないが」

「私はその聖者の罪を告発すべきでしょうか？　友人に真実を伝えるべきでしょうか？」

「究極の問題だな」

「はい。どのような勇敢で賢い聖王でも容易に答えは用意できないと思っています」

「そりゃそうだ。王なんてものはおまえが思っているほど頭がよくない。案外、あほうの集まりだ」

「……わたしはそのような茶化した答えを求めているのではありません」

「茶化してなどいないよ。真実を言っているまでだ。聖なる王などという存在すら怪しい人物の答えなどを考察する必要はない。俺の弟子、陽概統の孫、宮廷医の娘ならば、必ず適切な答えを用意するだろう」

「わたしは見習いです」

「そうだ。そのように必ず事実を捕捉し、補足する」

けらけらと笑う白蓮。

「だから気に病む必要はない。必要なとき、必要な場所で、おまえは答えを見つけるだろう。それを皆に披瀝《ひれき》するかしないかは、そのときのおまえ次第」

「わたし次第……」

「すでに答えは自分の中にあるのだろう。おまえはそういう娘だ。賢明な上に思慮深い」

白蓮はそう断言すると、最後にこう結ぶ。

「それにおまえは俺ごときがどうにかできるたまじゃない」

白蓮はそう言い切ると、愉快そうに東宮御所を歩いた。香蘭はそれに無言で付き従った。

†

香蘭は胡備師に真実を伝えないことにした。

この五年間、胡備師は敵討ちをするためだけに生きてきた。それはよく知っていたが、だからといって彼が敵討ちを成功させても幸せになるとは思えなかった。復讐《ふくしゅう》はなにも生まないなどという綺麗事《きれいごと》ではない。胡備師にとって夏侯門はすでに師のような存在。亡き父の代わりのようにも思えた。

夏侯門の右腕に星震の誓いの火傷を見た香蘭。その日から夏侯門と胡備師の姿をつぶさに観察してきたが、ふたりの関係はまるで水魚の交わりのようであった。朝、太陽が登ると胡備師はそっと夏侯門に寄り添う。昨晩の疲れが残る夏侯門をいたわりながら起こすのだ。夏侯門が起きるとすでにそこには顔を洗う水桶《みずおけ》や身だしなみを整える髭剃《そ》りなどが用意されている。夏侯門が朝の準備を整えると、僅かな時間を捻出し、講義を行う。武術の神髄や骨接ぎについてなど、講義の内容は多岐にわたるが、すべて胡備師に必要なもので構成されていた。胡備師はなにを学びたいなどと一言も口にしたことがないので、ふたりにはすでに阿吽《あうん》の呼吸ができているといっても差し支えはない。甲斐甲斐《かいがい》しく世話をし、教えを受ける様はまるで夫唱婦随の夫婦のようである。白蓮はそのように評していたし、香蘭も同じように思っていた。

（……そうだ。あのような秘密、誰に知らせる必要もないのだ。この秘密は墓まで持って行こう）

夏侯門と胡備師を改めて見つめると、そのような誓いを立てた。香蘭はそれを生涯、実行することになる。

香蘭は翌日、夏侯門の秘密が露見しないように策を巡らす。夏侯門の右手に包帯を巻くように願い出たのだ。一番は形成手術によって火傷自体を取り除いてしまうことだが、香蘭にはまだその腕がない。それに夏侯門自身、その火傷の痕を消すつもりがないようだ。

「これは若かりし頃の過ちの証。わしは毎晩、この傷痕を見て己を戒めている」

と言った。この傷を消しても過去の自分はなかったことにならない。それどころか今の自分さえ否定することになる、と夏侯門は言っているのだ。しかし、香蘭が心配しているのは理解してくれたようで、今後、包帯を巻くことによって傷を他人には見せないと約束してくれた。有り難い限りだ。意地っ張りの白蓮とはひと味違う。などと師にも夏侯門にも失礼な感想を抱いた。

このようにしてこの一件は決着する——はずであった。

香蘭は毎日のように夏侯門診療所に通い夏侯門一門の様子を見る。前述の通りふたりは麗しい師弟愛を見せてくれた。

「我が師もこれくらい懇切丁寧に教えてくれればいいのだが……」

ふとそのような不満を口にしてしまうほど、夏侯門は理想の師であった。一方、胡備師は理想の弟子であろうか？　無論、毎日、甲斐甲斐しく師の世話をし、敬愛の念を隠さない胡備師は文句の付け所がない弟子であるが、それが一日中続いているかは未知数であった。香蘭は夕刻には家に帰るからだ。ある日、香蘭は患者から胡備師の夜の顔を聞くことになる。

なんでも胡備師は夜になると夏侯門診療所を抜け出し、花街《はなまち》に通い詰めているのだという。最初は信じられない、と思った。胡備師は相変わらず鶏よりも早く起きるし、朝の勤めを疎かにすることはなかったからだ。今朝も夏侯門の指導のもと、剣を振るい、骨接ぎのコツを伝授されていた。そのようなものが花街で女を買うなど有り得ない。そう思ったが、胡備師とすれ違ったとき、ほのかにただよう匂い袋の香気に気が付いてしまう。

「……もしや本当に花街に通い詰めているのだろうか」

一度、そのような疑念が湧いてしまうと、なにも手が着かなくなってしまうのが香蘭の悪い癖だろう。その日以降、医学の勉強に身が入らなくなる。その様子を見かねた白蓮は、

「ええい、面倒くさいやつだな。胡備師も大人なのだから、酒家に入り浸ろうが、色町に入り浸ろうが、自由だろうが」

「さすがは花街で一番の人気者ですね」

香蘭は皮肉を言うが、白蓮には暖簾《のれん》に腕押しだった。彼は花街で小粋に遊ぶことになんら罪悪感を抱いていない。それどころかいい歳をした男は女遊びのひとつやふたつはしておくべきだと常日頃から言っている。診療所が休みの日などは花街にある妓楼《ぎろう》で日がな一日飲んでいることもあった。自分で稼いだ金であるし、誰を傷つけているわけでもないので、批難したことはないが。こうも堂々とされると呆れる。——ただ、師の花街通いはいいとしても胡備師のそれはどうかと思った。

「なぜだ？　潔癖症なのかな、陽家のお姫様は」

「そういうわけではありませんが、胡備師殿は今、剣術に骨接ぎと色々学ばなければいけない時期。誘惑に屈するのは早すぎます」

「たしかにそれは一理あるな。ならばおまえが花街に行って諭してくるがいい」

「わたしがですか？」

「こういうのは男が言っても響かないものさ。うら若き娘に言われるとしゅんとくるものだ。それに胡備師はおまえの友人であって、俺の友人ではない」

「白蓮殿には友人がいませんしね」

「…………」

痛いところを突かれたのだろう、軽く沈黙すると白蓮は厄介払いをするかのように「しっし」と香蘭を追い払った。診療はもういいから花街に行けということだろう。香蘭はその勧めに従うことにした。白蓮診療所から直接出向く準備をする。一度、家に帰って着替えてもいいのだが、母親に花街に向かうなどとしれれば大変なことになる。おそらく、その場で卒倒するだろう。それは娘として医者の見習いとしてできないことだったので仕事着のまま出掛ける。

花街では無粋であるが、下手に小綺麗《こぎれい》な格好をするよりも合っている、とは花街通の白蓮の言葉だった。「おまえのような純真なお嬢様が気を抜いた格好で歩いていたら、人買いに声を掛けられるだろうからな。白い飯を喰わせてやる、と声を掛けられても付いていくなよ」という助言もくれる。

「そこまで阿呆《あほう》の子ではありません」

師の助言を素直に受け取った香蘭は、いつもの格好に医療道具が入った箱も持参する。その姿を見て白蓮は「ほう」とあごに手を添える。

「小洒落《こじゃれ》た衣裳よりもそちらのほうが似合うな」

とのことだった。褒めているのだか、貶《けな》しているのだか、よく分からないが、そのまま花街に向かう。護衛として陸晋少年も付き添ってくれるが、それも白蓮の配慮であった。

花街とは男が女を買い求めるために集まる色町のことである。歓楽街のことであるが、この南都にはいくつもの花街があった。妓楼があったり、酒家があったり、人間の欲望を満たす施設が整っている。通常、娼妓《しょうぎ》以外の娘が立ち入ることはできないことになっているので、香蘭は医者として花街に潜り込んだ。

「白蓮診療所の見習い医の香蘭です」

その一言だけで門を通してくれる。白蓮の日頃の行いのお陰であるが、陽家の威徳のお陰もある。香蘭の父・陽新元《しんげん》は花街で顔が利くのだ。無論、白蓮のように妓楼通いをしているわけではない。そこで働いている娼妓たちの治療をしていた。彼女たちは春を鬻《ひさ》いで生計《たつき》を得ていたから、性病や婦人病に罹る危険性が他の職種の女性よりも遥かに高かった。父は彼女たちを親身になって治療するし、白蓮は死病の梅毒の治療法まで確立しているので、尊敬の念を抱かれていた。その娘にして弟子である香蘭もそれなりに扱いというわけである。他者の威を借る狐《きつね》のような気がしないでもないが、それで問題なく花街には入れるのならばそれはそれでよかった。

花街があるところまで歩いて行く。南都の花街は散夢宮を取り囲むように東西南北にひとつずつある。香蘭がやってきた場所はその中でも最大規模のものであった。貧民街から一番近い花街でもある。

花街に入るには「苦界門《くがいもん》」と呼ばれる門を抜けなければならない。苦界門とは読んで字の如く、苦界と現世を繋ぐ門だ。遊郭の別名は苦界という。女にとっては地獄にも等しい場所ということから付けられた別称だった。その苦しい世界と現実を別つのが苦界門だ。なにも哲学的や文学的な意味を掛けられているわけではない。苦界から脱走しようとする遊女を逃がさぬためにこの門は置かれていた。

香蘭はその苦界門を内側から見上げる。時間は夕刻、苦界門の外は茜色《あかねいろ》も終わり、少し寂しげであるが、苦界の内側は煌々《こうこう》と明かりが灯《とも》って綺麗だった。しかし、それが逆に寂しさを助長させる。苦界の入り口の妓楼には女たちが商品のように並べられている。男が女を選んでから店に上がるのである。妖艶に手招きする女、絶望に染まりうつむいている女、様々であったが、誰ひとり、自分の意志でここにやってきたわけではない。皆、親兄弟に売られたか、親兄弟を救うためにそこに座っていた。

　香蘭も一歩間違えばあそこに座っていた可能性がある。陽家は名家であるが、名門が没落しないなどというのは幻想だった。現に散夢宮にある後宮には零落した名家の娘がたくさんいる。この苦界にも元貴族、元商家の娘など腐るほどいるだろう。香蘭が〝向こう側〟で育つことができたのは父祖のたゆまぬ努力と、幸運のお陰でしかないのだ。そのように黄昏れていると、ひとり、自分に似た年頃の娘と目が合ってしまう。逃れるように視線をそらすと、花街を歩き始めた。

　花街の大きさはそれほどでもない。南北は三二二間、東西は四三二間程度の大きさだ。この狭い区画に大小様々な妓楼が建ち並ぶ。門の入り口にあった妓楼は比較的小さいもので、大きな妓楼になると貴族の館よりも立派なものが多々あった。香蘭はその中でも一際立派な心悸楼《しんきろう》と呼ばれる妓楼に向かう。心悸楼とはこの南都に古くからある妓楼で、北部貴族たちが皇帝を担いで南都に逃れる前から存在する。大店《おおだな》の商人か、貴族か、高級官僚しか通うことが出来ない店である。そこに胡備師は足繁《あししげ》く顔を出しているという。

「胡備師さんは旅籠に泊まる金もないと言っていたが……」

　その問いに陸晋少年も同意する。

「本当にお金はなさそうでした。いったい、どこからお金が出ているのでしょうか？」

「それを探るのが我々の仕事だが、さてはて、どのように切り出そうか」

「たしかに困りますね」

「堂々と胡備師なるものが通っているか、尋ねて見ようか？」

「それは難しいかと。妓楼は信用商売。客の情報は容易に他言しますまい」

「やけに詳しいな」

「白蓮殿の付き添いでよくきますから……」

小路《こうじ》を歩いていると心悸楼とは関係ない店の娘から声を掛けられる。「今日は先生はこないのかい？」「その可愛らしい娘は恋人かい？」「やるね、陸晋坊や」「たまには陸晋も遊んでおいきなよ。タダでいいからさ」と声を掛けられる。その都度、顔を真っ赤にして俯く陸晋少年。どうやら陸晋はこの街の人気者らしい。そのことを指摘すると彼の真っ赤な顔はさらに茹《ゆ》で上《あ》がる。

「止めてください、香蘭さん。ただでさえ困っているのに」

「陸晋は美童だからなあ。人気者になるのは仕方ない」

「こちらとしては困ってしまうだけです、僕は将来、慎《つつ》ましいお嫁さんを見つけて、静かに暮らすのが夢なのですから」

現実的すぎて少年らしくない夢だと思ったが、陸晋は激動の人生を送っている節がある。白蓮のように破天荒な生き方には憧れないのだろう。そう思った。

そのようなやりとりをしていると、心悸楼の裏口に続く道に見慣れた人物が歩いていることに気が付く。陸晋は「胡備師さんです」と口にする。

「……そのようだ。しかし、これから妓楼で遊ぼうというのに浮ついたところが一切ないな」

「香蘭さんの観察眼はさすがですね。あれはどう見ても遊びに来ている顔ではありません」

「ふむ……」

「それに腰に剣を携えているのも変ですね」

「変なのか？　彼は武芸者なのだから、剣くらい持っていてもおかしくないのでは？」

「周りを見てください。どんな立派な大夫《だいふ》も剣を持っていないでしょう」

「たしかに」

「花街では武器の携帯は御法度なのです。苦界門で武器の類いは没収されます」

「そういえばさっき、道具箱に入れていた短刀を没収されかけた」

「そういうことです。この花街で刀傷沙汰は御法度ですから。亡八衆《ぼうはちしゅう》しか武器を携帯できません」

「亡八衆？」

「この花街を守る人々のことです。仁・義・礼・智・信・徳・孝・忠の八条を忘れたものしかできない荒事をこなす人々という由来があります」

「たしかにこの欲望渦巻く街では八条を守っていたらなにも出来ないな」

「そういうことです」

「ということは、胡備師は亡八衆になったのだろうか？」

「あるいは彼らに雇われているという可能性もありますね」

香蘭は頷く。その可能性が一番というか、それ以外なさそうなので、香蘭は思い切って胡備師に声を掛けることにした。胡備師が向かった裏路地に入っていったのである。

しかし、それは悪手であった。花街という普通ではない場所の裏路地に女と子供が入るなどよろしいことではない。案の定、すぐに怪しげな男たちに取り囲まれる。

「……なに用だ」

香蘭は男たちを睨《にら》み付《つ》け、気丈に言い放った。男たちは薄ら笑いを浮かべながら、自分たちが天子様の兵士であることを伝えてきた。要は南都の軍隊の兵士である。

「……ならば同じ臣民ですね」

「そういうことになるなあ」男はくっくと笑う。その横を通り過ぎようとしたら、もうひとりの男が道を塞いできた。

「同じ臣民として語り合いたいところですが、時間が無いのです。そこを空けて頂けますか？」

「それは出来ないな。というか同じ臣民ならば日頃から戦場で駆けずり回っている俺らをねぎらってくれてもいいだろう」

そんな論法で香蘭の髪に触れる男。蟻走感《ぎそうかん》が走る。香蘭は怒り任せに道具箱で振り払うが、その態度が生意気だったのだろう。男たちは怒りを露《あら》わにする。

「この小娘め、人が優しくしていればつけあがりやがって」

いつ、どこで優しくしたのか。小一時間ほど詰め寄りたかったが、そのような暇はなかった。男たちは武器こそ持っていないが、戦闘をする気満々だった。握りこぶしを振り上げる。——それにしても香蘭はこのような悪漢どもに好かれるというか、すぐに武力衝突に発展する。その都度、誰かが助けてくれるからいいが、もしもひとつでも歯車が狂っていればどうなっていただろうか。——まあ、この場にいないことは確かだろうな。皮肉気味に考察する。しかし、それを切り抜けてきた香蘭の天運も香蘭の固有のもの、香蘭は己の運を信じていた。また香蘭の毅然とした態度はこのような悪漢を祓《はら》う効果もあるようだ。今回もまた助け船が現れた。

その助け船とは陸晋少年のことであるが。陸晋少年は「やれやれ」と動き出す。まずは殴り掛かってきた大柄の兵士に足払いを決めると、そのまま鼻筋にかかとを落とし、気絶させる。駆け上がるように二人目の悪漢の腹を登ると、そのまま鼻筋に靴の先を当てる。悶絶《もんぜつ》する悪漢。その姿は哀れで情けなくあるが、注目すべきはそこでなく、陸晋の強さだろう。彼はまるで武芸者のような動きをしていた。ある種の鳥を思わせる美しい構えをすると、陸晋はこう言い放つ。

「白蓮先生のようなお人と全国を行脚していると、自然とこういう技が身に付きます。先生は喧嘩を買うのがお上手ですから」

「お見事」香蘭がそう称すと陸晋は照れ笑いを浮かべるが、「全面的に信用はしないでくださいね。見よう見まねですから」と付け加えた。たしかにその動きは華麗ではあったが、どこか弱々しい。それに陸晋の体軀は大人よりも遙かに劣る。先制攻撃が通用した瞬間はいいが、それ以上になると心許《こころもと》なくなってくる。兵営を抜け出して女を買いにきていたゴロツキ共が集まり出したのだ。

これは分が悪いか。そう思った香蘭は、道具箱から短刀を取り出そうとするが、それはとある人物に止められた。見知った人物が助けに入ってくれたのだ。

彼は立派な官服を着ていた。一瞬、誰か分からなかったが、すぐにそれが夏侯門であると気が付く。

「夏侯門殿！」

すぐに気が付けなかったのは夏侯門がこの場に最も相応《ふさわ》しくない人物だったからだ。白蓮ならばまだ分かるが、夏侯門が酒を飲みにきたり、娼妓を買いにきたりするとは思えない。

「夏侯門殿がなぜ？」

「劉盃様の付き添いだ」

劉丕とは皇太子の弟君。自分の御所にたくさんの貴妃を抱えているにも関わらずこのような場所にまできてお盛んであるが、特別珍しいことではない。南都の大貴族も皇族も妓楼で雅《みやび》に遊ぶことを嗜みに思っているのだ。白蓮は「男の甲斐性《かいしょう》」と称していた。

そのように思っていると、夏侯門は最小の動きで次々と悪漢を倒していく。文字通りちぎっては投げ、ちぎっては投げを繰り返す。突進してくる悪漢は足を突き出し転ばせ、殴り掛かってくる悪漢は腕を取り、そのまま勢いを借りて背負い投げる。あっという間にこの場を制圧していく。悪漢どもはすぐに実力差を察知する。戦場を闊歩するもの独特の勘も働いたのだろう。この男には到底叶《かな》わないと。夏侯門はそのような凄みを滲《にじ》ませていた。

蜘蛛《くも》の子を散らすように退散する悪漢たち。それを見届けると、香蘭は頭を下げる。

「有り難うございます。助かりました」

「なあに、気にすることはない。いつも診療所を手伝ってもらっているお返しだ。しかし、香蘭よ。なぜ、おまえのような娘がこのような場所に」

「それは……」

胡備師が夜な夜な花街に通っていて、なにをしているか突き止めるため、とは言い出しにくい香蘭。まだ胡備師が遊びほうけていると決まったわけではないし、告げ口のような真似《まね》もしたくなかった。そこで香蘭は嘘《うそ》をつく。

「……知り合いの娼妓が梅の毒を貰ったようなのです。白蓮殿に代わって治療を施しにきました」

「なるほど、それならば亡八衆の護衛を付ければいいものを」

「……それは。内緒で頼まれたのです」

「なるほどな。ならば一緒にその娼妓のもとへ参ろうか」

「え……、どうしてですか」

「劉丕殿の妓楼遊びが終わるまで時間がある。それに白蓮殿が開発したという〝ぺにしりん〟なるものの使い方を一度、見ておきたい。今後、この中原国の主流となる治療法になるやもしれない」

「そ、それは見せられません」

「どうしてかね？」

「それは……ええと……」

言葉を詰まらせる香蘭に助け船を出すのは陸晋少年。

「ペニシリンは極秘の秘薬。他の診療所のものには見せてはいけないのです」

（……助かった）

心の中で陸晋少年の機転に感謝するが、夏侯門は「はっはっは」と高笑いを上げる。

「もっともな理由だが、貴殿たちが〝ぺにしりん〟を持ち歩いていないことなどお見通しだ。先ほど道具箱で悪漢どもを殴っておっただろう。大事な薬が入った箱でそのようなことをする医者などいない」

「…………」

見事な推察だったので、香蘭は観念して、夏侯門に事情を話す。患者から胡備師が花街に入り浸っているという情報を得てやってきたことを伝える。夏侯門は「ふうむ」と己のあごに手を添えると、「それは由々しき問題だな」と問題を共有してくれた。

「やはり問題ですよね。胡備師殿は修行の身。このままでは身を持ち崩します」

「そうではない。胡備師のやつは金がないからな。金子をけちって詰まらない女に引っ掛からないといいが。そう思っただけだ」

「…………」

「遊ぶことは否定しない。わしも若い頃は遊び倒しておったからな。遊びながらも学ぶことは出来る」

香蘭は納得いかず、胡備師までそのような人生を歩ませる必要があろうか、と抗議するが、夏侯門は笑い声を漏らした。

「はっはっは、冗談じゃよ、冗談。まったく、陽家の娘は冗談が通じない」

「白蓮殿にも同じことを言われます」

「やつは亡八衆に雇われて用心棒の真似事《まねごと》をしているようだな」

「用心棒の真似事、ですか？」

「そうだ。おそらくは手っ取り早く金を稼ぐためにな」

「金ですか」

「胡備師はわしの診療所の建て替え費用を捻出したいのだろう。だからわしに黙って用心棒をしているようだ」

「夏侯門殿にも内緒なのですね」

「ああ、わしはあのままで充分なのだが」

「胡備師殿は義理堅い方ですから、その気持ちを形にしたいのでしょう。医術では役に立てないとこの前も嘆いていましたから」

「そのようなことを気にする必要はないのに」

「そうですね。しかし、そうなると我々はこのまま帰ったほうがいいかもしれませんね」

「胡備師のやつはわしに隠しているつもりらしいしな。その努力を無下にするのも悪い。それにおまえさんの前で叱られるのも場都合《ばつ》が悪いだろう」

「お叱りは後日ですか」

「そういうことだな」

「なるべく寛大な処置を」

そのようにまとめると、その場を去ろうとするが、その気遣いは無駄に終わった。背をひるがえした途端、胡備師と鉢合わせしてしまったのだ。

「……夏侯門先生。それに香蘭さん」

互いに居心地の悪い表情となる。謎を解明し、あとは帰るだけ、という段階になったらこれである。日頃の行いが悪いのだろうか。先日、先祖の廟《びょう》で祈りを捧《ささ》げてきたばかりだというのに……。そのように嘆いていると、胡備師は「このような場所ではなんですので……」と香蘭と夏侯門を亡八衆の詰め所に案内してくれた。

亡八衆の詰め所は妓楼とは対極の建物でとても慎ましい。質実剛健を絵に描いたような建物だった。そこに荒くれものたちが集まっていた。ただ、荒くれものではあるが、悪人ではないようで、強面《こわもて》ながら愛想笑いのようなものを浮かべ、茶を出してくれた。

「白蓮先生にはお世話になっておりますので」

山のような大男に言われると怖くなってしまうが、白蓮を尊敬していることは確かなようだ。なんでも盲腸の手術をしてもらったことがあるらしい。亡八のものたちと交流していると胡備師がここにいる理由を話してくれた。先ほどの夏侯門の推察通りだった。

「花街の護衛は金になるのです。ここでは荒事にことかきませんから」

「それは先刻承知済みです」

「あのような手合いを追い払うと金子が貰えます。先ほどの連中も不届きものとして役所に突き出します」

「それがよろしいでしょう」

賛同し、茶を飲み終えると、それまで沈黙していた夏侯門が重い口を開いた。

「おぬしが隠れて用心棒をしていることには気がついていた。言っても辞めないだろうし、香蘭の前で叱るのもなんだと思ったからな」

「さすがは夏侯門様です。隠し事はできませんね」

「診療所に戻ったら、説教をするつもりだった。わしなどのために命を危険に晒すな。用心棒をしながら天命をまっとうしたものなどいない」

「ならばおれが最初のひとりに」

「無理だ。ともかく、診療所に戻るぞ」

夏侯門は胡備師の手を引こうとするが、彼は明確な拒否を示す。

「診療所で説教をされるつもりですか？　あの雨漏りのする応接間で」

「左様」

「おれはあの廃墟《はいきょ》のような診療所を直したいのです。あそこは先生のような立派な方が住むには不適切です」

「鷦鷯《しょうりょう》、森林に巣くえど止まり木は一枝《いっし》に過ぎず。住めば都だ。どのように栄華を極めようとも人間、寝るときは一畳の寝所があれば十分だ。それ以上は望まない」

「鷦鷯とて葉っぱで雨露をしのぎましょう。先生の診療所は寝所まで雨漏りするではないですか」

「先日、大工に直してもらったよ」

「薄い板を貼り付けただけ、根本的な解決にはなりません」

「わしがそれでいいと言っているのだ。それでは駄目かね」

「駄目とは言えません。だから黙って用心棒をしてお金だけを置いて行こうと思いました。先生は直接は受け取ってくださらないでしょうし」

「そのような配慮は無用だ。気持ちだけ受け取ろう」

どこまでも弟子の気持ちを受け取ろうとしない夏侯門。その頑《かたくな》な姿を見ていると香蘭のほうがやきもきしてそのまう。余計なお世話と分かっていても口を出したくなる。

「夏侯門殿、わたしが口を出すようなことではないかもしれませんが、胡備師殿は夏侯門殿を心底尊敬し、心配しているのです。その心意気に免じて金を受け取ってくれませんか？」

筋の悪いお金ではないのですから、と続ける。実際、夏侯門が稼いだ金は真っ当なものだ。誰かを傷つけたり、騙《だま》したりして得たお金ではない。ある意味、人助けをして得たお金である。ここは素直に受け取ってほしかった。そのように胡備師を庇うが、夏侯門は無言で香蘭を見つめる。

その姿には怒りや焦燥感はない。ただただ深い悲しみを感じた。香蘭は夏侯門の心を感じ取る。彼の視線の先を見る。そこは胡備師の腕だった。「そういうことか」香蘭は胡備師の腕を取り、胡備師の服の袖をまくる。そこには血の滲んだ包帯が巻かれていた。

「……用心棒の仕事で負った傷ですね」

「左様」夏侯門が胡備師に成り代わって答える。

「用心棒は人に恥じる仕事ではない。むしろ、人の役に立つ仕事だ。この花街には困っている娘が山ほどいるからな。彼女たちを助ける行為は尊い」

夏侯門はそう称賛するが、しかしと続ける。

「己の身体を犠牲にしてまでやるものでもない。胡備師はやがて骨接ぎになるのだろう。ならばその腕は大切にすべきだ」

夏侯門は傷ついた左腕を見つめると、次いで右腕に視線を移す。その腕は父親から貰った大切な腕だった。よりおろそかにできないものだ。このままではその大事な右腕まで失うことになるのでは、と心配しているのである。麗しい師弟愛であるが、血気盛んな若者である胡備師には通用しない論理であった。「先生！」と詰め寄る。

「先生！　おれはただの飾りで武芸の稽古を積んできたわけじゃないんです。このようなことのために生涯を武を捧げてきたのです」

どうか受け取ってください、と改めて金子を渡す。それを受け取らない夏侯門。両者なかなかに頑固者だ。香蘭は仲裁しようとするが、それは叶わなかった。胡備師が「是非」と金子を渡すと、夏侯門は「まかりならん」とそれを押し返した。その後、数度の問答が続くが、胡備師は夏侯門の懐に金子を入れると、この場を飛び出してしまった。

その姿を見て夏侯門は「やれやれ」と吐息を漏らす。肝が太い亡八の衆も呆《あき》れ顔《がお》であった。香蘭は彼らに対して頭を下げると、「連れ戻してまいります」と言って、その場を辞した。

胡備師は遠くまで行っていなかったようで、花街の苦界門付近にいた。香蘭たちが入ってきた門である。そこの近くにある広場で彼は肩を落とし、深くため息をついていた。

「ああ、自分はなんと情けない男なんだ。師である夏侯門殿の懐に金子を詰め込むなんて。古今、このような礼節を欠く弟子はおるまい……」

「弟子から給金を巻き上げるような医者ならば知っていますよ」

笑みを漏らしながら実体験を語る香蘭。胡備師は香蘭の顔を覗き見る。

「香蘭さん……」

「たしかに胡備師さんは礼節を失するようなことをしました。儒学者が腰を抜かして驚くでしょう。しかし、胡備師さんがなりたいのは儒学者ではないのでしょう」

「はい、立派な武芸者、いえ、武侠と呼ばれるような存在になりたいです」

「ならば夏侯門殿のところに戻って一緒に謝りましょう。夏侯門殿のためとはいえ、隠れて用心棒をやっていたのは事実、己の身体を矢玉代わりにし、傷つけてしまったことも事実。武芸者として一廉《ひとかど》の人物になるまでこのようなことはしないと誓い、脇目も振らずに修行に集中すればきっと違う景色も見えてきますよ」

無論、気休めであるが、言わないよりも言ったほうがいい気休めだと香蘭は思っていた。胡備師のような才能を用心棒などで無駄遣いしてほしくない。武芸者として栄達し、近所に道場でも開いて骨接ぎをしてほしいというのが香蘭の偽らざる本音だった。

胡備師もこのような形で師のもとを去るのは不本意だったのだろう。申し訳なさそうに「夏侯門殿に頭を下げにいきたいのですが、付き合っていただけませんか?」と言った。香蘭は「勿論ですよ」と微笑むと彼の後ろに寄り添った。夏侯門は度量の深い人物であるから、謝れば即座に許してくれるだろう。そのように計算していたが、亡八の詰め所に戻る途中、その計算を狂わせる連中と出会う。先ほどの兵士たちが武器を携帯し、待ち構えていた。取り逃した兵士の一部が武器を持って花街に乱入してきたのだ。彼らは捕まった仲間を奪還するため、亡八の詰め所の前にたむろしていた。その姿は野盗と大差ない。

彼らのひとりが香蘭を見つけると、指を指し、ちょうどいいと言い放つ。

「この娘を人質にすれば容易に仲間を助けることができるだろう」

兵士のひとりはそう言い放つ。下卑た考えであるが、合理的な考えでもあった。少なくとも夏侯門はその要求に応じるだろう。亡八衆も白蓮との関係を考えてその取り引きを呑《の》む可能性が高かった。つまり香蘭には取り引き材料としての価値があるということであったが、自分の価値がそのように評価されても嬉しくはなかった。

「いつか医師としての価値が認められて、その腕を求められて攫《さら》われたいものだが……」

素っ頓狂な感想に胡備師は笑みを漏らす。

「もしもそのときが訪れたら、香蘭さんの治療が終わってから悠々と助け、その医術が素晴らしいことを南都中に証明してみせましょう」

しかし――、と彼は続ける。

「今はそのときではありません」

そう断言すると、腰からするりと剣を抜き去り、剣舞をする。その流麗な動きは後宮の美姫の舞のようにも見えた。それくらい洗練されているということ。それくらい素晴らしい動きだった。胡備師は襲い掛かる兵士どもを次々と斬り付けていく、彼の技術が卓越しているので、峰打ちで気絶をさせたり、斬るにしても致命傷は尽《ことごと》く避けてくれる。これは後処理をする香蘭としても有り難い。香蘭は倒れた兵士を順番で治療する。すぐに手当が必要なもの、そうではないものを選別する。白蓮仕込みの識別医療《トリアージ》はこのようなときほど役に立つ。戦場のような場所ほど役に立つのだ。

(花街の路地裏で、しかも兵士相手に活用するのは皮肉であるが……)

しかしそれでもひとの命を奪いたくはない。この兵士たちは限りなく悪であるが、だからといって死んでほしいなどとは思わない。この世界には死んでもいい人間などいないのだ、というのが香蘭の哲学であった。師である白蓮に鼻で笑われる哲学であるが……。正直、どちらが正しいのかは分からない。白蓮は悪党が治療にやってくれば、塩を投げつけて追い返すか、塩を患部にこすりつける。一方、香蘭はどのような患者も診てしまう。最近、もしかしたら白蓮のほうが正しいのでは、と思ってしまうことがある。なぜならばこの哲学によって窮地に陥ることが多いからだ。今も兵士たちの治療に専念するあまり、後背の気配に無頓着だった。だから後方から忍び寄る影に気が付かなかったのだ。

香蘭の後方の影は兵士たちの一味だった。胡備師との大立ち回りを回避し、直接香蘭を捕まえようと後方から忍び寄ってきたのだ。ある意味頭がいいが、香蘭は彼の策を成功させてやる義理はなかった。後ろから羽交い締めにされるが、その太い二の腕に思いっきり噛《か》み付《つ》いてやる。

「あいたたっ！　この小娘が！」

躾の悪い家畜でも見るような目つきで睨《にら》む兵士。この男は特別、気が短いようだ。

「仲間はおまえを捕まえろと言ったが、もうそんなものはどうでもいい。おまえを切り刻んでやる」

男がそのような短絡的な思考にたどり着いたのは、ある意味仕方ない。道の奥からは亡八の衆が続々と集合し始めていた。荒事に慣れている彼らはあっという間にこいつらを制圧するだろう。ならばせめてその前に一矢報いてやろうと考えるのは珍しくない考え方だった。――とても建設的ではないが。ある意味あほうなのだが、花街で不用意に暴れるものが賢いはずがなかった。香蘭は剣を突きつけられ、窮地に陥る。ちらりと後方を見るが亡八衆はまだ到着しそうにない。胡備師も他の悪漢と剣戟《けんげき》を交えるのに忙しく、援護は期待できそうにない。これは自分で時間を稼ぐしかないな。そう思い命乞いをしようと思った。涙を流す演技をし、頭を下げる。なんでもするから助けてくれと願う。それしかあるまいと心の中で決めると、頭を下げようとするが、それを止めるものがいる。そのものは威厳に満ちた声で香蘭の行動を超える。

「自尊心よりも生き抜くことを優先するおまえの態度は野薔薇《のばら》のように美しいが、今はその美しさを証明しないでいい」

尊厳と慈愛に満ちた言葉をくれたのは夏侯門だった。彼はすうっと悪漢と香蘭の間に入ると、斬り掛かってきた悪漢を投げ飛ばす。触れる瞬間さえ見えないような流麗な動き、彼の武術はもはや芸術の域に達しているが、それでも完全ではなかった。悪漢を投げ飛ばす瞬間、彼は服の裾を切ってしまう。いつもの襤褸切れならばなんの問題もなかったのだが、今は官服を着ていた。官服は戦闘をするために作られていないのだ。夏侯門の右袖はだらんとだれる。香蘭は顔色を青くさせるが、夏侯門は「大丈夫だ」と香蘭を制し、投げ飛ばした悪漢に蹴りを加え、気絶させていた。亡八衆も到着し、胡備師が相手にしていた悪漢どもも次々と捕縛されていく。こうして花街で暴れ回った泥酔兵士たちの問題は片づいたわけであるが、彼らは大きな禍根を残していった。今回の事件、兵士のひとりが花街の娼妓と夫婦約束《めおとやくそく》をし、身請けをするという話から始まったのだ。酷い話であるが、約束をした娼妓は別の男とも約束していたらしい。それでこのような事態になったのだが、その事件の顚末は今回の禍根とは関係ない。ある意味それらよりも遙かに困る事態を残していったのだ。その事態とは夏侯門の右腕だった。彼の服の右袖が裂け、巻いていた包帯がほどけてしまったのだ。悪漢の凶刃は夏侯門の大切な右腕の薄皮一枚とて切り裂くことはなかったが、代わりに最も見せたくないものを最も見せたくない人間の前で露見させてしまったのだ。

夏侯門の右腕からするりと包帯が落ちる。かつて右腕に刻んだ無頼漢の証。武神を凌駕しようとしたものの証明、星震の聖痕がくっきりと見えた。香蘭は万分の一の可能性に懸け、その火傷の痕を胡備師が確認しないことを祈りながら、彼の顔を見たが、彼はじいっと夏侯門の右腕を見つめ、放心していた。

「せ……せんせぃ……」

胡備師は声にならない声を出し、両膝を大地に付けていた。胡備師の大きな身体はたしかにそこにあったが、魂はここではないどこかに向かっているような気がした。おそらく、五年前のあの日、自分の父が斬られた日のことを思い出しているのだろう。最愛の父が死んだ日のことを思い出しているのだろう。父を殺した男の顔を思い起こしているのかもしれない。

胡備師の父親胡車忠は五年前、南都の南方にある街付近で暴れ回る剣客を切るように依頼された。その男は街で辻《つじ》斬りを行っていた。無作為に人を切っては肝を取り出していたのだ。そのあまりにも恐ろしい行動は悪鬼そのもので、住民を恐怖のどんぞこに落とし込んだ。内臓のない死体が街の端に捨てられるたびに、民は悲しみ、怒りを募らせた。やがて街一番の豪商の娘が斬られるに至ると、住民たちの怒りは頂点に達した。街のもの皆で金を出し合い、胡車忠を雇ったというわけである。――結果は返り討ちに遭うのだが。

だが、胡車忠の高潔な思いは、豪胆な遺志は生き続けていた。その息子は生き残り、父親の右腕を持っているのである。辻斬りに右腕を切り落とされた胡備師は父の志を受け継ぎ、この場に立っていた。ゆえに忘れるわけがなかった。父親の敵を、自分から右腕を奪った男の痣《あざ》を。胡備師は、今、はっきりと思い出す。自分の右腕を斬ったときに見せた男の歪んだ顔を。

——それは。

愉悦と悪意に歪んでいた残像は、自分の右腕を切り落とし、父に致命傷を与えた男と重なる。胡備師の右腕が疼《うず》く。

あのときの記憶が右腕を通して濁流のように押し寄せる。もはや間違えることはない。勘違いも有り得ない。夏侯門は、胡備師の師である夏侯門はかつて辻斬りをし、多くの命を奪った〝廉国〟と同一人物なのだ。それに気が付いた瞬間、胡備師はわなわなと両肩を震わせる。かつてないほどの怒りがこみ上げ、剣の柄に伝わるが、それと同時に子鹿のように足が震える。止めどなく涙が流れる。父を殺した悪意ある廉国の顔と、人々の命を繋ぐ仏のような夏侯門の顔が交差しているのだろう。どちらの顔が本物か、判断が付かないようだ。「…………」夏侯門はただ沈黙を貫くことによって弟子の疑問に答えていた。悲しみもせず、怒りも見せない。ただただ、穏やかな水鏡のような面持ちでその場にたたずんでいた。今ならば幼児でも斬ることができそうなほど、隙だらけであった。胡備師はその隙に乗じればいいだけなのだが、それができない。剣を振り上げては元の位置に戻し、逡巡している。それを師に対する愛だと感じた香蘭は、差し出がましさを承知で胡備師に言った。

「あなたはなにも見ていない。あの火傷の痕はただの影です。あなたの心に闇を差す火傷の形をした魑魅魍魎《ちみもうりょう》のようなもの」

なにも見なかった。気のせいだった。明日からも同じ生活が続く、朝、師を起こし、僅かばかりの稽古を付けてもらう。日が落ちるまで診察の手伝いをする。日が落ちたらまた剣を振るう。蠟燭の長さを気にしながら骨接ぎに関する本を読み、疲れて眠り果てる。その姿を見て師がそうっと毛布を掛ける。

それでいいではないか。その日常を繰り返すだけではいけないのだろうか。

香蘭はそう思うのだが、胡備師はそれができないらしい。〝今〟の幸せよりも、〝過去〟の恨みのほうが上回ってしまうらしい。胡備師は涙を流しながら、己の足下に剣を指す。

「夏侯門先生――、いや、廉国」

自分の師を廉国と呼び捨てにする胡備師。その言葉はどこまでも冷たい。もはやふたりの関係に修復の余地はなさそうであった。

「なんだ」

夏侯門は淡々と答える。

「なぜ、辻斬りをしていたなどとは聞かない。なぜ、貧民を救っているかも。おれが知りたいのはおまえを斬れるか否かだ」

「斬れるさ。おまえほどの武芸者ならば」

「……いいや、分からない。おれの心は弱い。だからおまえのもうひとつの顔に騙されてしまった。剣を振り下ろすとき、情が湧いてしまうかもしれない」

その言葉を奇貨と見た香蘭は、説得する。

「ならば止めるべきです。明日から普通の生活に戻れとはいいません。しばらく時間をおきましょう。さすれば復讐が無意味だと悟れるはず」

胡備師は首をゆっくりと横に振る。

「復讐に意味はおれの人生そのものだ。この五年間、それだけを考えてきた。一秒ごとに父の最後を思い出し、父から貰った右手を握り絞め、恨みを募らせた」

しかし……、と胡備師は続ける。

「時間をおくのは悪くない。おれはしばらく、この街を去る。荒野で己と向き合う。星霞の誓いをした剣客を斬るために修行をしてくる」

胡備師ははっきりとそういうと背を向ける、香蘭は何度も胡備師に声を掛けるが、以後、胡備師は反応しなかった。確かな足取りで、武人のような雰囲気をまとい、花街の出口へ向かった。きっと阿修羅《あしゅら》のような人相をしているのだろう、通り掛かった客たちが次々と道を譲る。力強い足取りで小さくなっていく胡備師。もはや香蘭には彼に言葉を届けることさえできない。それはとても悲しいことのように思われた。

香蘭は肩を落としながら夏侯門の姿を見る。彼も武人のようなたたずまいで香蘭に背を見せると「御免」と去って行った。どうやら劉盃のところに戻るようだ。彼は貧者に医療を施す聖者という顔と皇太子の弟の宮廷医という顔も持っている。それは前々から知っていたことだが、彼の〝本当の顔〟はどれなのだろうか？

東宮からその地位を奪おうとしている悪逆な弟の医師。

貧しい人々に無料で医療を施す聖医。

あるいは残虐非道に辻斬りを行っていた廉国という剣客としての顔。

──そのどれが本当の顔なのだろうか。

香蘭には判断がつきかねたが、香蘭の師である白蓮ならばこう答えるような気がした。

「そのどれもがやつの顔だ。人間の顔はひとつではないんだ。この世に生まれ落ちたものは皆、仮面をかぶり、自分ではない誰かを演じながら生きている」

それは正しい考え方なのだが、未熟な香蘭にはまだ理解できない考え方でもあった。

香蘭は誰もいなくなった道をただひたすら見つめ続けた。

†

数ヶ月の月日が流れた。

白蓮診療所では相変わらず割り増しな医療費が請求されている。時折、籤引きや気まぐれで貧乏人にも医療が施されるが、それも本当に稀。白蓮の医術が受けられるのは限られた人だった。しかしそれでも毎日のように診療所の門を叩く人間がいるのは、彼の腕が比類ないからだ。

南都の貧民街で医聖と呼ばれている夏侯門いわく、「その腕前は尋常ならざる上に洗練されている。医術の真髄を極めたもの、中原国の極北にいる医師である」とのことだった。香蘭もその言葉に異論はなかったが、香蘭はそれよりも夏侯門が淡々とし過ぎているのが気になった。——あの事件、弟子である胡備師に右腕の火傷痕を見られてからはや数カ月、あれから胡備師からなんの連絡もない。香蘭はことあるごとに夏侯門に胡備師の行方を尋ねるが、彼は「胡備師のやつは元気にしているだろうか、」と呟《つぶや》くだけだった。「腹を空かせていないだろうか」「寒い思いをしていないだろうか」と続く日もある。改めて夏侯門の度量の広さを表す言葉だが、香蘭としては少し心配である。なにせ胡備師は夏侯門を殺すと啖呵《たんか》を切って飛び出したのだ。次の瞬間、そこらの建物の陰から飛び出てきてもおかしくないと思っていた。その旨を話すと夏侯門はただなにも言わずに微笑むだけだった。「ケセラセラさ」とはその様子を話したときの白蓮の言葉だった。意味は異国の言葉で「レット・イット・ビー」とのことだったが、余計に意味が分からなかった。深い意味はないのだろうな、と漏らすと白蓮はにやりと同意する。「分かっているじゃないか。そういうことだよ」と返答した。「すべてはなすがまま、人はそれを受け入れるしかない」なのだそうな。ならばそう言えと言いたいが、今、この場に白蓮はいない。居るのは黙々と患者を診ている夏侯門だった。彼はここ数日、一睡もせずに患者を診ていた。その姿は神々しいまでに立派であったが、自分を痛めつけるかのように患者に尽くすその様はとある結末を予想させる。

(……この人は胡備師に斬られるつもりなのだろう)

それがこの数ヶ月、彼を側で観察してきた見習い医の結論だった。夏侯門の命はもはや自分のものではなく、胡備師のもの。そう考えれば彼の表情がすべて説明できるのだ。達観したような、すべてを悟ったような——。夏侯門の魂はすでに浄化されているのではないかと疑うほど、清々しい表情をしていた。香蘭は思わず単刀直入に尋ねてしまう。

「夏侯門殿、あなたは死ぬ気なのですか?」と。それに対する彼の答えはとても哲学的だった。

「わしの命はあの瞬間に尽きた。己の罪深さを知ったあの瞬間に。ならばこの人生、すでに余録のようなもの。思うがままに生きるだけさ」

白蓮のようなことを言う夏侯門。医を極めたものは同じような哲学に至るのかもしれない。そう思った。

夏侯門の説得は不可能だと悟った香蘭。彼は胡備師に斬られるつもりのようだ。このまま胡備師がくればそのまま自分の命を与えるだろう。

その結論を師である白蓮に話すと彼は「おまえにしては分かっているじゃないか」と同意する。

その上から目線の言葉に食い付く香蘭。気分を害したわけではない。その言葉を言質に協力を得ようとしたのだ。

「分かっているのならば力を貸してください。胡備師さんはわたしの言葉は聞かないでしょうが、あなたの言葉ならば聞くはず。耳を傾けるはず」

「根拠は？」

「あなたは胡備師の命の恩人だ。彼の父の最後の願いを聞き届けた人物。あなたの説得ならば応じてくれるかも」

「なるほどな。だが俺は忙しい。どこにいるかも知れない男を探し出して説得しろというのかね。その間、何人の患者を治療できると思う？」

「胡備師さんの居場所ならばすでに把握しています。夏侯門診療所に出入りする商人に聞きました。彼は都にほど近い山林で修行をしているようです」

「夏侯門を斬る実力を養っているのだな」

「そうです。近くその修行も完了するでしょう。その前に彼を説得したい」

その言葉を聞くと己のあごに手を添え、「……このまま黙っているのも夢見が悪いか。それにここ最近、おまえの稼働率が下がっているしな」そうつぶやく。要は手伝ってやるからもっと働けという意味だろう。ならば犬馬の労も惜しむつもりはない。香蘭は力強く拱手《きょうしゅ》をすると深々と頭を下げた。


白蓮を連れ立って山林へ向かう。陽家の伝手を使って馬車を用意させる。

「締まり屋のおまえにしては気前がいいじゃないか」

「必要なときは出し惜しみしない。それが我が家の家風です」

香蘭の父は香蘭を信頼してくれていた。早馬車が必要だと言うと一貫も惜しまずに金を用意してくれた。白蓮は馬車に揺られながら「麗しい父娘愛《おやこ》だ」と語る。がこんと揺れる馬車の中で香蘭は尋ねる。

「夏侯門殿は医者の家系に生まれながらなぜ辻斬りなどしていたのでしょうか……」

「俺がその答えを知っているとでも？」

「少なくともわたしよりは真実に近づいていると思っています」

その物言いが気に入ったのだろうか、白蓮は埒《らち》もないが、と前置きした上で話してくれる。

「俺の住んでいた世界には探究心を追い求めるために闇落ちした異才が山のようにいる。

レオナルド・ダ・ヴィンチは知っているか？」

知っているはずもないので首を横に振る。

「知っているわけがないではないか。俺の住んでいた世界で最高の天才といわれた男だ」

俺の次に才能があった男だろう、と、うそぶく。

「ダ・ヴィンチは絵画、彫刻、建設、機械、科学すべての分野で功績を残した万能の天才だった。無論、医療にも通じている」

「白蓮殿も螺旋《らせん》器具などを発明しましたね」

「あれは発明じゃない。ただの〝知識〟だ。しかし、ダ・ヴィンチは掛け値なしの天才だった。こと物を生み出す力に関しては俺など足元にも及ばない」

「……」

白蓮が他人を褒めるなど珍しい。聞き入ってしまう。

「しかし天才というのは狂気を孕《はら》んでいるもの。創造性と狂気は表裏一体なんだ。ダ・ヴィンチもご多分に漏れず狂っていた。彼は医学的好奇心と芸術を極めんとするため、神をも恐れぬ行為を夜な夜な行っていた」

「……神を恐れない行為」

「彼は深夜になると死体置場に潜り込んでは死体を漁《あさ》っていた。死んだ遺体を切り裂いていたんだ」

「……医学の発展のためでしょう。この国でも似たようなことをしています」

「違うな。無論、それもあっただろうが、それは建前のひとつにしか過ぎない。ダ・ヴィンチは狂っていたんだよ。彼は死体漁りが教会にばれる数週間前に同じ天才芸術家の絵を見てこう言っている。ルネサンスの巨人と呼ばれたミケランジェロの絵を見てこんな発言を残している。〝なぜ、老人と若者の筋肉を同じ風に描くんだ〟と」

「……」

沈黙する香蘭に白蓮は補足する。

「ミケランジェロの絵は見栄えをよくするため老人の身体を筋骨隆々に描いた。ダ・ヴィンチはそれが許せないと公に宣言し、自分ならばもっと正確に老人を描ける、と言い切った。そしてそれを実行するため、夜な夜な死体を切り裂きに行ったんだよ。より現実的な老人の身体を描くためにな」

死体置場で愉悦の表情を浮かべ、死体を切り裂く芸術家が浮かぶ。その妄想は夏侯門と結び付く。

「……つまり夏侯門殿は剣術を極めんため、より効率的に人を殺す術を知るために辻斬りをしていた、と？」

「そうだ。あるいは医者の家系ゆえに好奇心もあったのかもしれんが」

白蓮も夏侯門も医の道を究めようとしたもの。似たような思考を持ったことがあるのかもしれない。そのことを指摘すると白蓮は淡々と答える。

「俺の生まれた世界では医者になる道が確立されていた。医科大学に入ればいくらでも死体が切り刻めたよ。——ただ、もしもおれがこの世界に生まれていたら、人体への好奇心を抑えられたかどうか」

この中原国には身体に短刀を入れるのを忌避するものもいる。死後とはいえ、身体を切り刻むなどもっての外だ、というのが主流であった。献体などという制度は夢のまた夢である。そんな中、人体の構造を知るには容易ではなかった。

無論、それを言い訳に人斬りなどしていいことにはならないが、夏侯門が狂気に染まっていた理由は理解することは出来た。共感することは永久に出来ないだろうが……。

「…………」

一方、師である白蓮は共感すら抱いているようだ。天賦の才を持つものは同じ思考法を持つものなのだろうか。だとしたら香蘭に天賦の才がないのは幸いなのかもしれない。

そんなことを思いながら、白蓮を見つめていると、彼はこう纏めた。

「なぜ、夏侯門が辻斬りをしていたか、そんなことは問題ではない。狂気へ至った心理を分析してもなんにもならない。問題なのは〝今〟彼がどう思っているか、だ。おまえは夏侯門が胡備師に斬られてやるつもりだ、と言ったな」

「はい」

「そしてそれを止めたいとも」

「はい」

「ならばそれをどうやって止めるかが問題だ。俺に相談したのは悪くない選択肢だが、あらかじめ伝えておくことがある」

「……はい」

一際真剣な面持ちで返答すると、白蓮は真摯な瞳で言った。

「どんな名医も人の心だけは変えられない。説得だけはしてやるが、おまえの望む結果が得られないことを想定しておけよ」

「…………」

当たり前のことであったが、香蘭の胸に響く。夏侯門と胡備師、ふたりの意志は鉄よりも固い。彼らの心を変えるのは、大河の流れを棒きれで変えるよりも難しいのかもしれない。そう思った。


山林の奥に入る。そこは南都より十数時間の場所にあるとは思えないほど山深いところだった。風光明媚《めいび》な光景が広がる。

「かつてこの場所で賀商《がしょう》という詩人が詩を詠《よ》んだのだそうな。川のせせらぎについて問うた詩だったかな」

白蓮はこの世界の知識にも精通しているようだ。改めて師の教養に敬意を表すが、今は褒めるべきときではない。今しなければならないのはこの山のどこかにいる胡備師を探すことであった。師を殺すために剣の鍛錬をしている男を捜すことであった。

周囲を散策すると滝の上に縄が敷かれていることに気が付く。時間と共にその縄を切るような仕掛けがあることも。

「縄を切ると時間差で丸太が流れるような仕掛けになっている。……荒行だな」

滝壺《たきつぼ》付近には丸太の残骸が転がっている。滝から落ちた丸太を胡備師が斬ったのだろう。このようなことが出来るのは剣の達人である証拠だ。

「ここまでの実力がありながら、夏侯門殿を斬りに行かないということは、夏侯門殿を斬ることを諦めたということでしょうか」

「希望的観測だな。医者ならば現実だけに目を据えろ」

「……はい」

たしかに希望的観測過ぎるかもしれない。数ヶ月前、胡備師が見せた瞳には明らかな殺意が宿っていた。彼の復讐心がそう簡単に衰えるとは思えなかった。香蘭がそのように考察していると、白蓮は冷静に滝の上部にある縄を数えていた。

「縄はあとみっつだな。滝壺にある割れた丸太の数を見る限り、あと三日というところだろうな」

冷静に計算する白蓮。やはり彼の観察力は神懸かっていた。

「ならば三日以内に説得しなければ」

そう心を新たにすると、香蘭と白蓮は二手に分かれることにした。そのほうが手早く見つけられると思ったのだ。香蘭はこの場に残り、白蓮は森林側を探す。そういう役割分担となった。

白蓮が森林に向かったのは、「ここら辺には松茸《まつたけ》が生えているらしいから」というのが理由だった。土瓶蒸しにして食したいのだそうな。呑気《のんき》な言葉であるが、呆れはしない。それは〝照れ隠し〟であることを知っていたからだ。ここの山林の森側はとても傾斜がある。女子供には辛《つら》い地形だった。香蘭をいたわっての建前であることは明白だった。香蘭は素直に白蓮に感謝をすると滝の上部で胡備師が帰ってくるのを待った。

大きな木の根元に寄り掛かると眠る。胡備師はいつ帰ってくるか分からない。滞在は長期戦になるかもしれないから、出来るだけ体力を温存しておきたかった。

一日目はなんの収穫もなく過ぎる。胡備師は戻ってこない。やってきたのは鹿の親子だけだった。二日目は途中から雨がちらつき、容赦なく香蘭の体力を奪っていく。――三日目。香蘭は暖を取るために滝から離れる。枯れ木を集めて焚《た》き火《び》をしようと思ったのだ。山深き地ゆえ、枯れ木には困らなかったが、思いのほか時間が掛かった。迷ってしまったのだ。街育ちの香蘭には山は勝手が分からない土地だった。

（……白蓮殿はどうしているだろうか。迷っていないといいが）

そのように思っていると滝の上部に縄が張られていることに気が付く。

「あれは⁉」

香蘭は思わず駆け寄り、縄に触れる。先ほどまでこの縄は張られていなかった。つまり、香蘭が枯れ木を集めに行っている間に誰かが縄を張ったということになる。このような場所まできてそのようなことをする人物など限られていた。見ればそこには鬼気迫る顔で剣を振るう胡備師がいた。彼は滝の下でじっと丸太が流れてくるのを待っている。滝の上にある縄は蠟燭によって切られると、丸太を落とす。縄が切れ、丸太が流れ落ちてくると胡備師はそれを見ることなく、気配だけで寸断する。一刀のもとに斬り伏せる。まるで武神のようであった。

（……修行は完成したようだ）

武芸の嗜みがない香蘭でも分かるほど胡備師の心身は完成されているようだった。事実、胡備師は斬った丸太などには目もくれず、川辺に置いていた衣服を纏うと、そのまま立ち去ろうとする。もう、二度とここに戻ってこない。そのような雰囲気を纏っていた。――ならば今、話し掛けなければいけない。今、彼に声を掛けなければ間に合わない。そう思ったが、香蘭の足は動かなかった。身体がなにものかに押さえつけられたのだ。一瞬、霊的な気配を感じた。この世のものではないものに押さえつけられた感じを覚えたが、それは勘違いであった。首もとに視線をやると、見慣れた黒衣の袖が飛び込んできた。

「白蓮殿」黒衣の持ち主に話し掛ける。

「なんだ、弟子よ」

「その手をお離しください。わたしは胡備師を説得しなければなりません」

「それは無理だ」

「なぜです」

「今、おまえの両足を摑んでいたあいつの親父《おやじ》が、あいつのもとへ戻った。あいつの父親が解決してくれるだろう」

「なんですか、それは。胡備師さんのお父上は亡くなっています」

「知っている。俺が看取《みと》った。しかし、今、ふと彼の顔が見えた。息子に業は背負わせない。そう言ったような気がするんだ」

「なんと非科学的な」

白蓮は医師である。呪い師ではない。無論、神仙でもない。特に霊的な存在を論じる呪い師を日頃から悪し様に言っていた。そのような人物がこの後に及んでそのような発言を用いて香蘭を止めるのは納得いかなかった。そのように主張するが、白蓮は「ならば追いかけよ」と言った。香蘭は「言われるまでもない」と歩みを進めようとするが、香蘭の足は鉛でも埋め込んだかのように重かった。

「さて、愚弟子よ。その症状はなんと説明する？」

「……これは山の寒さにやられたのです。霊的なものとは関係ありません」

「まあ、俺もそうだと思うが、それもなにかの運命だとは思わないか」

「その言葉も白蓮殿は嫌っていたではありませんか」

「だからこそだよ。今からその言葉を辞書に残してもいいか確かめる。もとより胡備師の説得は不可能。ならば〝運命〟とかいうあやふやなものに頼るのも一興だろう」

白蓮はそう断言する。その確かな遺志に香蘭は首を縦に振るしかなかった。本当はもっと抗議したかったのだが、それは白蓮の思わぬ行動に遮られる。彼は香蘭をひょいと抱きかかえると、そのまま下山を始めた。

「低体温症だ。馬車に毛布があったからそこで温めてやる。焚き火もしないとな」

白蓮の腕は思いの外、力強く、表情が真面目だったので、香蘭はそれ以上抗議することは出来なかった。

白蓮に身体を温めてもらうと、そのまま馬車に乗り込み南都へ戻る。揺れる車中で白蓮に尋ねる。

「胡備師さんよりも先に戻れるでしょうか？」

「この馬車は南都でも一番の駿馬《しゅんめ》を二頭使っているらしいな」

「はい。ということは間に合いますかね？」

「しかし、巨大な馬車と男をふたり、医療道具も乗せている。それに最近、おまえ太っただろう」

「……成長期です」

「冗談だよ。まあ、どんな駿馬でも身ひとつの胡備師には敵《かな》うまい。やつが馬に乗っていたらアウトだ」

「胡備師さんは馬にも乗れると言っていました」

「ならば南都に戻った頃には刀傷沙汰になっているだろうな」

「――検死だけはしたくありません」

「そのときは俺がやろう」

間接的に間に合わない可能性を示唆した白蓮だが、彼の目は慧眼だった。最速で南都に戻ると、そのまま馬車で夏侯門診療所に乗り付ける。そこには黒山の人だかりが出来ていた。その人だかりを分けるように進むと、そこには血塗れの夏侯門がいた。

一瞬、遅かった、そう思ってしまったが、彼はまだ生きていた。全身をなます斬りにされながらも生きていた。真っ赤に染まった身体を引きずりながら、診療所に向かおうとしている。

その姿を不快そうに見下ろすのは、真っ赤に染まった刀を持った胡備師だった。

「この後に及んでまだ生に執着するか。この俗物め」

吐き捨てるように言う胡備師。酷い言葉であるが、事実無根の言葉ではなかった。必死な形相で診療所に戻ろうとしている夏侯門は見苦しく見えた。先日の悟りきった彼の表情はそこにはない。生に執着する俗物に見えた。

そのような感想を口にすると、白蓮は「どちらもまだ青いな」と口にする。

「夏侯門殿は診療所に戻って自分を治療しようとしているのではないのですか？」

「違うな。あの男はもう自分に執着していない」

ならばなんに執着しているというのだ。そのように思ったが、自分が見習いとはいえ医師であること、また夏侯門を尊敬していることも思い出したので、医療道具を持って彼に駆け寄ろうとする。それを止めるは胡備師。

「香蘭さん！　それ以上、一歩も近寄らないで頂きたい。もしもこちらにくれば、あなたといえども――」

「あなたといえどもどうするつもりですか？」

斬る！　そう言われるのは承知で香蘭は歩みを止めない。無論、香蘭は胡備師が実行しないと高をくくっていたわけではない。ただただ純粋に夏侯門を救いたかったのだ。

その姿を見て胡備師はつぶやく。

「――香蘭さん、あなたという人は」

呆れが七割、残り三割は納得の成分を含んだ表情であったが、胡備師は刀を振り上げる。無論、斬り殺す意志はないだろうが、動けない程度の一撃は加えるつもりのようだ。修羅となりかけた胡備師は迷うことなく、刀を振り下ろすが、それを止めるは白蓮だった。いつの間にか胡備師の後ろに回り込んでいた白蓮は彼の両手を摑むと剣を振り下ろせないようにさせる。その思わぬ身のこなし、力強さに胡備師は戸惑う。

「あなたは医者だと思っていたが、なかなかの武人ですね」

「荒事になれているだけさ」

間合いを離そうと蹴りを加えようとする胡備師に白蓮は言う。

「おっと、格闘術もおまえのほうが上だ。だからこれ以上は争いたくはない」

「ならば参戦しないで頂きたい。あなたまで敵に回したくない」

「俺だって同じさ。しかし、俺の弟子を斬るのだというのならば、参加せざるを得ない」

「しばし医療を施せないようにするだけ。命までは奪いません」

「まだ修羅道には堕《お》ちきっていないようだな」

「無関係の人を殺《あや》めたらあの男と同じ」

「だな。夏侯門が過去、廉国と名乗り、多くの人を殺してきたのは事実」

「その無念の人たちの恨みをおれが晴らす」

「いい心がけだ。しかし、あと一刻、いや、半刻《はんとき》、待ってやってくれないか」

「それはできない。廉国はその間に回復してしまう。己を癒やしてしまう」

「医者としての腕を自分に使ってしまう、か。しかし、その心配はない」

「なぜ、そう言い切れます」

「夏侯門が数字をつぶやいているからだ」

「数字？」

「よく耳を傾けろ」

その言葉に従う胡備師。すると彼も夏侯門がつぶやいている言葉に気が付く。夏侯門は念仏のように数字を唱えていた。

「二四〇〇…？」

胡備師は夏侯門が唱えている数字を口にする。「なんだ？　なんの数字なんだ？」一瞬、戸惑うが、すぐに「ええい、ただの世迷《よま》い言《ごと》だ」と結論づける。その言葉に白蓮は反論する。

「果たしてそうかな。おまえはずっと夏侯門と一緒にいたのだろう。やつは日頃から数字を口にする癖がなかったか」

「……あった。あったが、それがなんだというのだ？」

「その数は日々、増えることはあっても減ることはなかった。違うか？」

胡備師は神妙な顔になる。その通りだったからだ。たしかに夏侯門は出逢った最初の頃から数を数える癖があった。しかし、それがなんだと言うのだ？　数を数えれば罪が浄化されるというのか？　ならばこの世界には法も裁きもいらないではないか！　そのように主張するが、白蓮はその通り、と肯定する。

「もしもそれで許されるのならば官吏も国もいらない。誰しもが好き勝手に気に入らない人間を殺す畜生だけの世界が出来上がるだろう。しかし、ここで夏侯門が目指していた数字を達成させるのを止めれば、おまえは生涯苦しむことになるぞ。生涯、後悔することになるぞ」

「なにを根拠に」

「根拠はあれだ」

白蓮は論より証拠を見せる。夏侯門は香蘭の診療を拒否すると、這《は》ったまま診療所に戻る。そこで今にも子供を産みそうな妊婦に指示をしていた。「力むのは早い」「安心しろ、この子は死すべき定めにない」「元気な子が生まれるだろう」と妊婦を勇気づけている。

「あの御婦人は……」

「数ヶ月前から診療所に通っているそうだな。逆子らしい」

「あの妊婦が子を産むまで待てというのか？」

「そうだ。さすれば夏侯門が目指すべき二四〇〇という数字が達成される」

「だからその数字になんの意味があるというのだ！」

「意味ならあるさ。二四〇〇は二四〇の一〇倍の数だ。二四の十倍だ。二四は夏侯門が廉国時代に殺めた人の数。彼の過ちの象徴だ」

「…………」

「そうだ。夏侯門は廉国時代の過ちを、人の命を救うことによって正そうとしているんだよ」

「人の命を救うことで……」

「自分が殺した人間の指の数は二四〇。その十倍の数を目標に定めたのだろう。数字に意味はない。五倍でも九倍でもよかったのだろう。ただ、黙々と消化できる数字が欲しかっただけかもしれない。しかし、その数字のお陰で夏侯門は今までやってこれた。生きてこれた。その数字のお陰で二四〇〇人の命を救えたのだ。おまえは自分の勝手でその数字を二三九九にするのか？」

「…………」

「まあ、それも構わないだろう。もしもおまえが自分の指を一本切り落とせば辻褄《つじつま》は合うかもしれん。しかし、そのようなことをしなくてもあと半刻待てば数字は達成される。あの妊婦も助かる。それを待ってから夏侯門を殺しても遅くはないだろう」

「…………」

　白蓮の言葉が心に響いたのか。あるいは妊婦の必死な形相に感じ入ったのかは分からない。ただ、胡備師は新たな生命が生まれるまで刀を納めるようだ。刀に着いた血を拭うと、「あの娘が子供を産むまでだ」とその場に座った。鬼のような形相で子供が生まれるのを待つ。今の胡備師の姿を見れば悪霊とて退散するだろう。それくらいの気迫が籠もっていた。香蘭は白蓮の側によると「時間稼ぎにしかなりませんね」と言った。白蓮は「時間稼ぎも必要ない」と返答する。

「あの子供は無事生まれるだろう。もはや夏侯門の二四〇〇の指の誓いは果たされたも同然だ」

「ならばなぜ、あのようなことを」

「なあに、おまえさんに不思議な光景を見せてやろうと思ってな。人間の魂は本当にあるのだと見せてやりたい」

「見せてもらえるものならば」

　そのように返答すると、半刻後、赤子は無事に生まれる。男の子だった。夏侯門は満足げにそれを見届けると、助手に今後の方針を話す。そして彼に別れを告げると、神妙に正座をした。いつでも首を撥《は》ねろ。無言でそう言っているようだった。胡備師は彼の後ろに立つと、刀を振り上げる。

「……言い残すことは？」

それがかつて師だったものへの最後の言葉になるはずであった。夏侯門はゆっくり首を横に振る。なにもないということだろう。二四〇〇の人を救った夏侯門はどこか満足げだった。その表情を見た胡備師は軽く怒りを覚える。かつて父を斬殺した男が満足げに死ぬのが許せなかった。そう思ったのかもしれない。あるいは弟子である自分に言葉を残してくれなかった怒りか。……ともかく、相反する感情が彼の中に渦巻いていたのは確かだった。胡備師はそれを投げ捨てるかのように刀を振り下ろす。

胡備師の神速の剣が夏侯門の首に向かう。飛燕《ひえん》のような剣が夏侯門の首を地面に落とすはずであったが、剣の軌道は途中で止まった。夏侯門の首筋の前でぴたりと止まったのである。薄皮一枚の距離で止まった剣に一番驚いているのは胡備師自身だった。

「な、なぜだ⁉　なぜ、動かん⁉」

夏侯門は僅かばかりも揺らぐことはない。目を固く閉じたままだった。

その現象の説明をしたのは白蓮だった。白蓮は隆起した胡備師の右腕を指さす。震える彼の右肩を注目するように香蘭に言う。香蘭は胡備師の右腕を見つめるが、胡備師の右肩を押さえる大男の姿が見えたような気がした。

――ほんの一瞬だけ。すぐにその幻想は消え去り、胡備師の右肩が痙攣していることに気が付く。

「いったい、なにがあったのでしょうか。筋肉が痙攣しています」

「医学的に中央神経の障害により、不随意か発作的に筋肉が収縮する現象を痙攣という」

「そんなことは知っています。なぜ、今、この瞬間に、このような現象が起きたか問うているのです」

「都合がよすぎるか？」

「はい。あまりにも都合がよすぎます」

「だろうな。もしもこんなことを物語に書いたら、その作者は批難される。しかし、これは物語ではない。現実だ。現実には現実で説明できることしか起きない」

「ならば胡備師の右腕に宿った遺志が。彼の父親が彼を止めたというのでしょうか」

「さてな。そこまでは言い切れないが、医学的言えば人は極度に緊張すると痙攣することがある。脳が望まぬことをすると身体が拒否反応を示すことがある。自然科学者の端くれである俺が言えるのはそこまでだ」

　白蓮が口にしているのはいささか幻想的すぎた。現実主義者らしからぬ言葉であったが、説得力はあった。香蘭が先ほど見た大男の姿は興奮状態の香蘭の脳が見せた幻想であったかもしれないし、胡備師の右腕に宿った父親だったのかもしれない。どちらかは永久に謎だったが、ひとつだけ言えることがある。右手を痙攣させ、刀を落とし泣き崩れる胡備師から殺意が消えていたということだ。彼はその場に崩れ落ちると子供のように泣いていた。その姿は、この結果は、香蘭が望んだものであった。

それに香蘭は師の幻想的な考えが好きだった。いや、そんな言葉では片づけられないか。適切な言葉を探すが、この国にはない。しばし悩んでいると白蓮は親切にも香蘭の考えを言語化してくれた。

「おまえが今、抱いている言葉は〝浪漫的《ロマンティック》〟というのだよ」

「浪漫的――、素敵な響きですね」

「意味はローマ的というものだ。俺の世界にはローマ人という気障ったらしい人種がいるんだ。彼らが語源となってロマンティックとなった」

「きっと素敵な人たちなのでしょうね。いつか会ってみたい」

「女を見れば口説かないと失礼とか抜かす人種だ。気をつけろよ。おまえも一応、女なのだから」

白蓮はそう言うと、夏侯門のところに向かった。騒動が終結した祝いの言葉を懸けるため――ではない。単純に彼の命を救うためだった。夏侯門は胡備師に全身を斬られていた。実は生きているのが不思議なほどなのである。二四〇〇の指の誓いを果たすまで死ねない。そのような気迫があったために起きた奇跡であるが、その奇跡もいつまでも続かないだろう。ただ、香蘭は心配していなかった。白蓮という医者はこの中原国で一番の医者なのだ。彼の手に掛かればどのような患者もたちどころに治してしまうのだ。そのように確信していたが、その確信も間違っていなかった。白蓮は「ボケーッとしていないで手伝え」と皮肉を言ったものの、即座に夏侯門を治療した。夏侯門は刀傷が原因で一週間ほど高熱を発することになるが、一週間後には自分の診療所に立っていた。

その後の話――。

夏侯門診療所は何事もなかったかのように運営されている。夏侯門は二四〇〇の命を救ったが、それで満足することなく、五〇〇〇でも一〇〇〇〇《いちまん》でも救うかのように献身的に患者に尽くしていた。その心意気は正しく医者の鑑《かがみ》であったが、白蓮は詰まらなそうに「なにが楽しくて人生を送っているのやら」と言った。ただ夏侯門を評価しているらしく、「貧乏人を引き受けてくれて助かる」とも言っている。口は悪いが、香蘭は白蓮が密《ひそ》かに医療物資を援助していることを知っていたので、文句を言うことはなかった。それに白蓮の一連の行動によって夏侯門だけでなく、ひとりの青年も救われたことを知っていた。あの事件のあと、胡備師はなにも言わずに南都を飛び出したが、彼は絶望のために飛び出したわけではなかった。ただ、時間がほしいだけだった。

胡備師は今、南都と北都の中間にある険しい山に籠もっているらしい。

近く、南都に戻る意志はあるとのことだった。それは陸晋少年よりもたらされた情報であるが、彼の情報はいつも正確だった。そう遠くない日に彼はこの南都に戻ってくるだろう。そしてそのときはこの白蓮診療所ではなく、夏侯門診療所に戻ることだろう。それだけは定まった事実であった。なぜならば白蓮がそう宣言しているからである。

「あのように図体のデカい大食らいを養えるものかよ」

突き放すように言うが、その後の言葉には温かみがある。

「あのようなデカブツは夏侯門診療所が丁度いい」

白蓮は涼しげに口元を緩ませながら、「違わないか?」と同意を求めてきた。香蘭は同じように微笑むと、

「違いません」

と返答した。

# 五章　陽家の二姉妹

中原国の南都には陽診療所という医院がある。民に医療を施す施設であるが、その診療所の長である陽新元は腕の良い医者として知られていた。また人徳溢れる人物で、近所どころか、南都中の人々から尊敬されており、

「南都で仁義の医者と言えば、陽新元か夏侯門か」

というのがもっぱらの評判であった。人徳の二壁などとも呼ばれている。

医療者としても人間としても大人物である陽新元であったが、彼にはふたりの娘がいた。ひとりはご存じ陽香蘭。女だてらに医者を目指す変わりもの。白蓮なる闇医者のもとに通って医療を極めようとしている。

そしてもうひとりが香蘭の姉である春麗《しゅんれい》であった。

陽春麗は類い稀な美貌の持ち主として知られていた。彼女の黒髪は同質量の黒絹にも例えられた。とある詩人が春麗の美しさに惹かれ、彼女を称《たた》える詩を詠ませてくれとやってきたことがあるくらいの美しさを誇っているのだ。ちなみにその詩人は中原国一二詩聖と称されるような立派な人物になる。

まさしく珠玉の存在と言ってもいい姉だったが、実は最近、香蘭の評判も上がっているらしい。

姉に比べることは出来ないが、なかなかに可愛らしい。

姉と比べればやや劣るが、目鼻立ちは整っている。

姉と比べれば月とすっぽんであるが、女性らしくなってきた。

余計なお世話であるが、そんな噂を耳にしても怒ることはない。姉の美しさは香蘭が誰よりも知っていたし、姉のような女性になりたいと常日頃から公言をしていたからだ。僅かなりとも姉に近づけているのは、光栄なことであった。

「比べる相手が悪い」とそれら失礼な評判を聞き流すと、久しぶりに姉の部屋に向かった。白蓮診療所に通う前は姉の部屋に訪れない日などなかったが、昨今はご無沙汰になっていた。医学を学ぶのに多忙を極めたということもあるが、ここ最近、姉は臥《ふ》せがちだった。父親から面会を控えるようにそれとなく言われていた。しかし幸いと今日は時間がある。それに使用人の順穂《じゅんほ》によれば姉の体調もいいという。久しぶりにゆっくりと話をしたかった。姉の部屋の前で声を掛けると、姉は涼やかな声で「――どうぞ」と言った。

姉の部屋に入る。最近、なにかと忙しく一緒に食事をすることもままならなかったので姿を見るのも久方ぶりであったが、姉は相変わらず美しかった。僅かばかりも美貌に陰りはない。姉は女でもうっとりしてしまう黒髪を使用人に梳《と》かせていた。黒髪を解き、櫛《くし》を入れさせる姿は、美人画の題材にしたいほどであった。香蘭はそうっと女中の側に寄る。女中は香蘭に櫛を渡してくれた。

香蘭と春麗の仲は麗しい。近所からは「陽家の二姉妹」と言われ、常にふたりひと組として扱われていた。無論、姉が出色の出来で、香蘭はその出涸《でが》らしであるが、それでも香蘭は姉と同じ血が流れていることを誇りに思っていたのだ。ふたりは幼い頃から互いにその黒髪を梳かし合う仲。なにを遠慮する必要があろうか。

香蘭はしばし姉の絹のような髪を梳かす。相も変わらず張りがあり、腰もある。それでいて少しも癖がない。南都中の男子を虜《とりこ》にしそうな美しい髪だった。香蘭はにこやかに「分けてもらいたいです」と言った。

姉は「――香蘭の髪も素敵よ」と返答したが、香蘭はそれがお世辞であると知っていた。香蘭の髪もそこらの娘には負けない色艶をしていたが、姉には数段劣る。くせっ毛なのだ。母が幼き香蘭の髪を結っていたとき、溜め息を漏らしていたことを思い出す。

「姉上、お元気そうでなによりです」

髪の健康状態から判断したのだが、その言葉に春麗はくすくすと笑う。

「まるで別の家に嫁いでしまったかのようね」

「どういう意味ですか？」

「香蘭は忙しすぎて家に帰ってこない日もあるから——母上が寂しがっているわ」

「母上には姉上がいます」

「母上はあなたのことが好きなのですよ」

「最近、なにかと結婚のことばかり話してきてうんざりです」

「あなたもお年頃だもの仕方ないわ。私がこんな身体だから——」

姉は悲しげに俯く。憂いに満ちたその姿は美人薄命という言葉を想起してしまう。美しすぎる女性には特別な運命が待ち構えていると身構えてしまう。

（……いや、それは間違っていないか）

香蘭は姉が儚げに悲しむ理由を見つめる。

閉じられている姉の瞳。本来、そこには翡翠《ひすい》のような輝かしい目があるはずであったが、香蘭はその瞳を久しく見ていない。そう、香蘭の姉である陽春麗は目がほとんど見えない。僅かに色と光は感じ取れるが、全盲に限りなく近いのだ。香蘭は姉の目を痛ましく見つめるが、いくら同情したところで目が見えるようになることはなかった。十年近く姉の目が見えるように祈ってきたが、その祈りが通じることはなかったのである。

「…………」

それを悲しく思っていると、姉はたおやかな表情を作り、こう言った。

「香蘭、あなたが悲しむようなことはないでしょう」

目が見えなくとも、妹の心など手に取るように分かるものらしい。

「悲しんでいるわけではありません。――ただ姉上と一緒に花々を愛でたり、空を見上げたりしたかった」

「それならば昔よくしたでしょう。あなたに手を引いてもらって、空き地で花冠を作ったり、空を見上げたりしたじゃない」

しかし、姉上は花の麗しき香りを感じることができても花の色が深いことを知らない。空が吸い込まれそうなほどに広いことを知らない。それが少しだけ悲しかったが、このようにほがらかな表情を向けてくれる姉の前で愚痴をこぼしてもなにもいいことはない。それよりももっと未来のこと。建設的なことを話したかった。

香蘭は窓を開けると、そこから見える景色を口にする。これは子供の頃から行っている日課だった。

「姉上、先日植えた豆が実っているようです。明日の朝は豆粥《まめがゆ》にしましょう」

「それは美味しそうね」

「それと風鈴草の花が咲き乱れています。花びらがあんなに。もうじき、梅の花も咲きそうですね」

姉の手に花びらを添える。両手を皿のようにして受け取る姉。色は薄らとしか感じられないが、形や感触は楽しむことができる。視覚以外の四感が鋭くなっている分、健常なものよりも多くの情報が得られるのかもしれない。儚げに花の香りを楽しむ姉を見ているとそのような感想を抱く。

その後、空の話をする。鰯雲《いわしぐも》ができているとか、大気の動きが速いとか、他愛のない話をする。春麗は飽きることもなく、その話を聞いてくれた。しばし姉と歓談すると、香蘭は窓を閉め、話を変える。

「姉上」

「なあに？」

「最近、わたしは私が家に帰れないのは白蓮診療所というところで修行をしているからです」

「知っているわ。素敵な先生のもとで修行しているのでしょう」

「素敵ではありません。意地悪ですし、お金に汚いですし、面倒くさがり屋ですし、お金に汚いです」

「お金に汚いを二回言っているわ」

「大事なことなので二回言いました」

「うふふ、香蘭とは正反対ね。でも、だからこそ師弟関係が成立するのかもしれないわね」

「だといいのですが。……いえ、そのようにして見せます。人格はともかく、その腕は南都でも、いえ、天下でも一番、彼の技倆を万分の一でも習得できれば、わたしは一廉の医者となれましょう」

「香蘭ならばきっとなれるわ」

「はい。必ずなって見せます。あと、二年、いや、一年以内に正式な医道科挙に合格し、正式な医者となって見せましょう」

「応援しているわ」

「ありがとうございます、姉上。──それで医者になった暁には……」

口籠もる香蘭。今さらながらに気恥ずかしさを覚えたのだ。子供の頃は毎日のように言っていた言葉も、大人になるとなかなか口にできない。だから逡巡してしまったのだが、それでも香蘭はその言葉を口にした。軽く深呼吸すると言い放つ。

「──姉上、必ず正式な医者となって、姉上の目を治療します。姉上の目を治して、一緒に空を見上げて見せます。一緒に花々を愛でとうございます」

絞り出すようにそう言い放つ香蘭。万感の思いを込めて言い放ったことを知った姉はにこりと微笑むと、香蘭の手を取り、

「その日を楽しみにしているわ」

と言ってくれた。姉の可憐《かれん》な笑顔を見ると、香蘭に力が湧く。姉のためだけに医者を志しているわけではないが、彼女が医者を目指す切っ掛けになったことは確かだった。姉は香蘭の原点なのだ。同じ両親から生まれた分身のような存在。ゆめゆめ疎かにできなかった。そのように思っていると香蘭は目頭が熱くなっていることに気が付く。涙が溢《あふ》れ出《で》てきそうだ。このままでは泣いてしまう、そう思ったが、姉がそれを防いでくれる。

「さあ、香蘭、交代よ。今度はあなたが私に背を向けて」

髪を梳《す》く役目を交換しよう、姉はそう申し出てくれているのである。香蘭の高ぶった感情を鎮めるための処置であることは明白だった。香蘭はその配慮を有り難く受け取ると、姉に背を預ける。幼き頃から姉に髪を梳いてもらうと自然と心が落ち着いた。心地よくなる。香蘭は幼き頃を思い出しながら、姉に身を委ねた。姉は子守歌を歌うかのように妹の髪を梳いた。

その姿を遠目から眺めていた使用人の順穂はつぶやく。

「仲良きことは美しきかな」

まさしくその通りの光景だった。陽家の二姉妹の麗しさはこの国で一番。それは万人が認めることであったが、ひとりだけそれを素直に受け入れられないものがいた。そのものは自分の中に闇が生まれつつあることを自覚していた。今、彼女はその闇を周囲のものに見せまいと必死だった。特に愛すべき〝妹〟には見せたくなった。だからその姿を見せまいと彼女がいなくなるまで必死で堪えた。今、自分の中に生まれてしまった〝毒〟のような言葉を体外に吐き出すのを。

彼女は誰もいなくなったことを耳で確認すると己の中に生まれた呪詛《じゅそ》をつぶやいた。

「――香蘭なんて死んでしまえばいいのに」

それが陽春麗の中に生まれた闇であった。

†

陽香蘭の身分は相変わらず見習いの医者というものだった。いまだ白蓮診療所を手伝う見習いに過ぎないのだ。ただ、天下一の医者の見習いであることはとても誇らしく、毎日が楽しくて仕方ない。今日はどのような技術を習得できるのか、明日はどのような話を聞けるのか。朝、起きた瞬間からそのようなことばかり考えてしまう。時折、あまりにも先行し過ぎて思考が口の端から漏れ出てしまうことがあるが……。

今日も朝粥《あさがゆ》を口に運んでいると人間の臓器を下から順に唱えていたようだ。母親が厭な顔をしながらたしなめてくる。それを父が庇ってくれる。

「香蘭は医者の娘だ。内臓を口にするくらいいいではないか」

「ですが、あなた。この子はもう一六ですよ。一六といえば嫁に行って子を産んでいる娘もいます」

「それは世間の常識だろう。陽家の常識ではない」

「陽家の常識にしとうございます。この子には是非、婿でも取って貰って、陽家存続の支柱となる子を産んでもらいたいですわ」

「柱ではなく、人の子で十分だよ。それも愛する男の子を産んでもらいたい」

「まあ、お人がよろしいことで」

「愛娘《まなむすめ》には幸せになってもらいたい。親ならば誰でもそう思うだろう」

そのように言われれば母としても返す言葉はないのだろう。沈黙する。ほんの僅かの時間だけだが。

「愛するといえば香蘭、白蓮殿とは上手くいっているのですか」

「愛と白蓮殿が結びつく理由が分かりません」

このままでは娘が意固地になると察したのだろう。母は攻め方を変えてくる。この辺は老練だ。

「ならば白蓮殿とはどうなのです」

「どうとはどういう意味でしょうか」

「いい関係なのか、ということです」

「わたしは白蓮殿を師として尊敬し、白蓮殿はわたしを弟子として遇してくれています」

「そういう模範解答ではなく、男女としてどうなっているか聞いているのです」

「わたしと白蓮殿は医という絆《きずな》で結ばれているだけですよ」

その回答に母親は眉目を下げる。

「年頃の男女が数ヶ月も同じ場所にいて、恋に落ちないというのですか」

「なんでもかんでも恋に結びつけないで頂きたい」

そのように反論すると、香蘭は朝粥をかき込む。その色気のない態度に母は呆れるが、香蘭はそれよりも朝食の席に姉が来ないことを不審に思った。

「姉上は今日も体調が優れないのですか？」

母は即答する。

「そうなのよ。今日も食欲がないみたいなの」

困ったわ、と父を見つめる。父は医者としての回答をする。

「なにかの病気ではないようだが、精神的に参っているように見える。あるいは月のものが重なって体調を崩しているだけかもしれない」

「あの子は重いほうですからね」

家族でこのような会話をするのは医者の家ならではだが、取りあえず姉に大事がないようでよかった。父は名医である。その父が問題ないというのならば悪戯《いたずら》に騒ぎ立てる必要はないだろう。香蘭は僅かに残った朝粥に揚げた豚肉を乗せるとそのままそれを口の中に放り込んだ。

「まあ、お行儀が悪い。本当にわたしの子なのかしら」

「わたしは橋の下で拾ってきた子なのでしょう」

母親が昔、香蘭を叱るときに言った言葉をそのまま返す。母親は「そうね」と昔を思い出し、笑う。

香蘭はそのまま立ち上がると使用人の順穂に着物を用意してもらう。白蓮診療所に赴くのにおめかしする必要はないが、師のもとの向かうにはそれなりの格好というものがある。白蓮は人間としては〝あれ〟であるが、医者としては当代一だ。それなりに遇さなければいけない。たとえ相手が非礼でもこちらまで合わせる必要はない。香蘭はどのような場所でも陽家の娘であることを自覚していたのである。

†

白蓮診療所に着くと、開口一番に皮肉の洗礼を受ける。

「豚臭い」

嫁入り前の娘に向かって失礼な言葉であるが、朝粥に揚げた豚を乗せたことを思い出すと強気にはなれなかった。控えめに抗議すると白蓮は、「なんだ。朝からそんな胃もたれするものを食べたのか」と笑った。

「最近、身体が細ってしまって。薬代わりに食べたのです」

「この国の娘は涙ぐましいな。俺の生まれ故郷では娘たちが逆に鳥の餌を食って痩身になろうと四苦八苦しているのに」

鳥の餌とは粟《あわ》や稗《ひえ》や大麦のことだそうで。この国では貧しい民が仕方なしに食べるものだが、白蓮の国では上流市民が食べるのだという。この国とはあべこべな世界であるが、人間、満ち足りた生活をしているとその逆も試してみたくなるのだろう、と解釈した。そのようにひとり考察していると、陸晋少年が診療所の裏口から豚を運んでいることに気が付く。

「本当に豚臭い……」

「なんだ。自分の匂いだと思ったのか」

「そうだと思っていました」

「豚を食ったくらいで臭くなるならば、俺は豚そのものになってしまうよ。昨日の飯は豚の唐揚げに豚の角煮だったからな。八角の香りが最高だった」

「しかし、あの豚はなんに使うのです？　診療所の中に上げてしまっていいのですか」

「あれは医療用の豚だ。除菌してある。それに豚は綺麗好きな生き物。犬猫よりよっぽど清潔だよ」

ぶひぶい、と豚の鳴き真似《まね》をする白蓮。あまり似ていない。

「ならばなんのために使うのですか？」

「おまえのためだ」

「わたしのため？」

目をぱちくりとさせる。

「豚の臓器は人間に似ている。そろそろおまえには臓器の手術も任せたいと思っていてな。本当は人間の献体がほしいところだが、この国では死後とはいえ、身体を傷つけるのを忌避する風習があるからな」

「……わたしのために」

じーんと胸に染みるが、白蓮はその感動をふいにする。

「それは建前で新鮮な豚肉を食べたいんだ。臓腑《ぞうふ》は好きにさせてやるが、身は陸晋に料理をさせる。燻製《くんせい》にするのも悪くないな。金華ハムが食べたい」

「…………」

感動が台無しであるが、元々、こういう人であることを思いだした香蘭は溜め息を漏らすだけで済ませると、気になっていたことを尋ねる。

「豚の臓器は人間に似ているとおっしゃられましたが、人間に移植することはできるのですか？」

「できない。俺のいた世界ではそういった研究も行われていたが、結局、そういった科幻小説《サイエンス・フィクション》的な手法よりもiPS細胞のような手法が主流になりそうだ」

「あいぴーえす細胞？」

「自分の細胞を増殖させる手法のことだ。人間の細胞は受精卵の時点ではどの細胞にもなれるのだが、いったん、皮膚や骨、臓器になると決めた細胞は二度と他の細胞になれない。それを細工してどのようなものにもなれる細胞がiPS細胞だ。いわば万能細胞だな」

「なるほど、まったく分かりません」

「細胞とか、分子とか、原子という概念もない世界だしな。致し方ない」

苦笑気味に言うと、白蓮は「なぜ、そのような話をするのだ？　豚の鼻でも移植してほしいのか？」と尋ねてきた。無論、そんなものはほしくないが、もしも豚の目を移植できるのならば、移植してほしかった。香蘭は見えるのならば豚の目でもいい。代わりに香蘭の目を姉にあげたかった。そのことを白蓮に伝えると、彼は思いの外真剣な表情になった。

「……そうか。たしかおまえの姉は目が見えないのだったな」

「はい。木々や花々を愛《め》でることはできない身体です」

「それは不憫だ」

「わたしもそう思います。だからいつか正式な医者になって姉上の目を治したいのです」

「おまえの姉は角膜潰瘍の可能性が高い。酷く濁っているようだし、失明に近い状態だ」

「光は僅かに感じ取れるようですが、色も形もほぼ判別できません」

「角膜潰瘍を治すのは難しいぞ。この国の医療レベルでは不可能に近い」

「だからこその西洋医術なのです」

「俺に期待しているのか?」

「まさか。前に頼んだときに俺でも無理だ、とはっきりおっしゃられたではないですか」

「ああ、無理なものは無理だ、と言った」

「だから自分で治すのです。白蓮殿を超える医者になるのは難しいでしょうが、白蓮殿を超える目医者にはなれるかも」

「なにか一点でも俺を超える、というわけか」

「はい」

「その心意気や善し。なんとか協力してやりたいが、現状、おまえの姉の目を治すのは不可能だ」

「iPS細胞は——使えませんよね」

ほろ苦い顔で質問をする香蘭。

「俺のいた世界でも研究段階だよ」

「ならば無理ということですね」

「ああ、不可能だ」という言葉を貰っても香蘭に悲壮感はない。もとより知っていたことだったし、それ以外の手法でなんとかできるかもしれない、と思っていたのだ。無論、心当たりなどなにもなかったが、それでも香蘭は不思議と絶望していなかった。そのことを白蓮に話すと「度しがたいほど前向きだな」という言葉を貰う。それについては香蘭にも自覚があったので、にこりと回答する。

「その通りでございます。わたしは〝あの〟白蓮殿の弟子でございますから」

その台詞を聞いた白蓮はなんとも言えない表情を浮かべ、「そうだな」と肯定した。

†

香蘭は姉への思いで心身を滾《たぎ》らせていたが、だからといって逸《はや》ることはなかった。白蓮診療所での諸業務をこなす。掃き掃除から拭き掃除、入院患者の身の回りの世話まで大忙しだ。それでも時間の合間を縫って医道科挙に出てくるはずの問題集を解いている。白蓮が注釈を入れてくれたものだ。

「俺の注釈は曹操《そうそう》ばりだ」

とのことだったが、事実、彼の注釈はすごい。要点を押さえている上に独自の解釈が入っており、頭にするりと入ってくるのだ。真の天才とは自分の理論を端的に言語化できるもの。教え上手でもあるようだ。有り難いことであった。さて、その日の午前はそのように過ごすが、午後からは別の場所に出掛けなければならない。白蓮いわく、「通い妻の日」なのだ。通い妻とは不穏当な言葉であるが、要は糟糠《そうこう》の妻のように甲斐甲斐しく尽くす香蘭をからかっているのである。ちなみにその夫は白蓮の親友にしてこの国の指導者だった。摂政の劉淵。この国の東宮である。畏れ多いことであるが、香蘭はこの国の皇太子専属の見習い医を務めていた。宮廷医の娘なのである。

というわけでそそくさと家に戻ると着替えを始める。母はこの日が参内日であることを知っていたので、嬉々《きき》として着替えを用意してくれていた。それに袖を通すが、一言だけ言っておく。

「母上、また新しい着物を買ったのですか。このままでは陽家は破産してしまいますよ」

「なにを言っているの？　香蘭。あなたはこの国の東宮様にお仕えしているのよ。見窄らしい格好などさせられません」

「東宮様はそのようなことを気にされる方ではありません」

「ならば母がふたり分、いえ、三人分気にしましょう」

「…………」

溜め息を漏らすしかないが、香蘭はとあることを思い出し、尋ねる。

「母上、まさかですが、わたしが東宮様の貴妃になることを夢見ていませんか」

「まさか。でも皇后になってくれれば思い残すことはないわ」

「貴妃よりも難しいことを……」

あきれ果てるしかないが、今一度、釘を刺す必要があるだろう。

「東宮様にはすでに何人も貴妃様がおられます。それにわたしでは荷が重すぎます」

「そんなことないわ。あなたは充分美しいし、家柄もそれなりよ。貴妃くらいにならばしてもらえるかも」

贔屓《ひいき》の引き倒しであるが、世の母親とはこんなものだろう。これ以上、論議するのも面倒だし、母親を失望させる必要もなかった。さっさと着替えて参内したい。香蘭は使用人の順穂に手伝ってもらって、着替えを始める。いつもの服ならばともかく、参内用の服はさすがにひとりで着付けるのが難しかった。このようなときは遠慮なく、家人を頼るべきである。そう思った香蘭は母にも手伝ってもらおうと思ったが、いつの間にか母親はいなくなっていた。

「……まったく、言いたいことだけ言っていなくなるんだものな」

吐息が漏れ出てしまうが、それについては順穂が答える。

「まあまあ、奥方様は香蘭お嬢様が可愛くて仕方ないのですよ」

「そうだろうか。わたしには結婚しろ、結婚しろ、と五月蠅い」

「春麗様はあのようなお身体ですから」

「しかし、結婚できない身体ではないだろう。現に何人かの貴族や商人が求婚してきたと聞いたが」

「片手では足りないほどに。しかし、すべてお断りしたようですよ」

「なぜ？」

「やはり目がお悪いからでしょう。新元様や奥方様がご存命な内はよろしいでしょうが、親のほうが先立つのが世の理。あの世に旅立ってしまえば大切にしてくださっているかを確認する術もなくなります。どのようなことになっても大切にしてくださる殿方でなければ大切な春麗様を差し上げるわけにはいかないのでしょう」

「なるほど。やはりやはり父上も母上も姉上を愛していらっしゃるようだ」

「香蘭お嬢様もですよ」

そう補足すると帯に手を伸ばす順穂、一際上等なものを選ぶが、やや派手なような気もする。ここら辺、母に通じるものを感じる。彼女もまた東宮の貴妃の座を狙っているのだ。呆れながらもさり気なく地味な帯にするように命じるが、それが果たされることはなかった。順穂が悪いのではない、母が満面の笑みで新たな帯を持ってきたのだ。

「香蘭、これを付けて参内なさい」

「母上、また新しいのを買ってきたんですか……」

呆れ顔で言うが、母はとんでもない、と首を横に振る。

「これは我が家に伝わる大切な帯です」

「大切な帯……」

「この帯は朝廷より頂戴したものです。あなたのおじいさまが当時の天子様から下賜されたもの」

「なんと。そのようなものをわたしが身に着けてもよろしいので？」

蔵にでもしまっておくべきものなのでは、と暗に言っているのだが、母上には通用しない。

「よろしいのです。いえ、むしろ着けるべき。あなたは東宮様の御典医」

「見習いです」

「見習いだろうとなんだろうと、東宮様にお仕えしていることには変わりない。最高の礼節を以《もっ》てお仕えすべきです。最上の帯を纏うことは東宮様への敬意となります」

よく分からない論法であるが、間違いと言い切ることもできない。それに帯を替えるだけで母上が納得するのなら安いものであった。分かりました、と帯を受け取る。

「今日はこの帯を着けていきましょう」

それで話を終わりにしたかったのだが、順穂は奥から煌びやかな衣裳を何点か持ってくる。帯を替えたのだから、それに合う衣装を、というのが彼女の主張だったが、その主張に母も乗じる。その後、母と順穂、ふたりによって着せ替え人形にされること半刻。参内ぎりぎりまで時間を取られてしまった。その甲斐《かい》あってかは知らないが、今日の香蘭の格好はなかなか決まっているように見えた。


中原国の皇帝が住まい給う場所、散夢宮へ向かう。

散夢宮は文字通り、この国の中心であり、政治の中枢でもあった。一方、男女の情念が渦巻く場所でもある。政務所では日々誰を蹴落とすか、後宮では誰を引きずり降ろすかの密談がなされている。およそ魔窟、あるいは伏魔殿というのが宮廷を知るものの感想であるが、香蘭も同じ結論に至りつつあった。

そもそも尊敬する祖父は宮廷での政治闘争に敗れ、下野をしたのだ。父もその余波を受けている。そう考えれば香蘭も同じ道を歩む可能性は非常に高かった。しかし、それでも香蘭は宮廷という場所を忌避しない。積極的に乗り込み、改革をしたいと思っていた。

　政事の論理で潰された官僚もいる。他の貴妃を呪詛しながら死ぬものもいる。しかし、それに目をつぶって近寄らなければなんの解決にもならない。無論、父のように市井に根付いて医療を施すという道もあるが、香蘭は祖父のように大きな道を歩みたかった。この国の中枢から抜本的に医療を改革したいのだ。大それた願いだとは思っているが、荒唐無稽な妄想だとは思っていない。近く正式に医道免許を取って、宮廷医としての道を歩みたかった。

　そのように決意を新たにしながら、東宮御所を歩む。東宮御所はその名の通り、宮廷の東側にある。ゆえに朝日を思う存分浴びることができる。朝の新鮮な空気と相まって、東宮御所の空気は静謐《せいひつ》を保っていた。庭先には雀《すずめ》や見慣れぬ鳥が鳴いている。彼らの声を聞きながら歩みを進めていると、遠くからよく見た顔がやってくる。内侍省東宮府長《ないじしょうとうぐうふちょう》史《し》の岳配である。彼は忙《せわ》しなく官服を動かしながらやってくる。何事にも動じることのない老人がなぜ走っているのだろうか。気になった香蘭は声を掛ける。

「岳配様、なにを急いでいらっしゃるのです？」

「おお、香蘭か」

　歩みを止めてくれたのはおそらく余裕があるのではなく、香蘭が役立つのだと思ったのだろう。要は猫の手でも借りたいということだった。岳配には小さくない恩義がある。協力できるものならば協力したかった。

「岳配様、なにがあったのです」

「聞いてくれるか、香蘭」

勿論ですともと返すと、彼は心の底から溜め息を漏らしながら言う。

「東宮様のお姿が見えぬのだ。またお逃げになられた様子」

「お逃げにですか」

「そうだ。お子を作って頂こうと美姫を献上していたのだが、それが気に食わなかったらしい。臍《へそ》を曲げてしまわれた」

「…………」

帰蝶《きちょう》がいなくなってからまだ日も浅いというのに、この人はなんと無粋なことをしているのだろうと思ったが、内侍省東宮府長史の仕事のひとつに東宮の跡取りを作るというものがあった。東宮に寵姫を作らせるのは重要な役目。それを果たしているに過ぎない。香蘭が文句を言う筋の話でもなかった。むしろ、臣民としては岳配の味方をすべきだと思われる。協力を申し出ると非常に喜ばれる。

「さすがは香蘭だ」と前置きした上で香蘭に東宮の癖《へき》を話す。

「東宮様は煮詰まると御所を抜け出して市井に向かわれる」

「市井ですか」

「そうだ。このことは民草はもちろん、宮廷のものも誰も知らないが」

「もしも露見すれば上を下への大騒ぎとなりましょう」

「うむ」と立派な髭を震わせて同意する岳配。

「しかし幸いと宮中のものはこの癖を誰も知らない」

「わたしは知ってしまいましたが」

「だが拷問にあっても漏らすまい」

にやりと笑う岳配。その通りだった。

「だからお付きの宮女にも知らせずにおまえを頼ることにした。そしておまえはこの窮地を救ってくれるはず」

「過大な評価でありますが、必ず東宮様を見つけてみせます」

と言い放つ香蘭。その後、香蘭と岳配はそれぞれに東宮御所を捜索することにした。香蘭は南苑《なんえん》、岳配は北苑《ほくえん》を担当することになった。

東宮御所は後宮の一種であり、出入りが極端に制限されている。どこの馬の骨とも分からない人物が侵入できないようになっているのだ。要所要所に衛兵の詰め所が置かれている。その衛兵も用がなければ御所内の移動は厳禁である。どうしてもという場合のみ、女官を伴って移動することあるが、不埒なことをすれば即斬首である。そのときは女官も同罪とされたから、不正が起こる可能性は少なかった。

香蘭は衛兵に協力は求めない。岳配がそのように願っているのは知っていたし、役に立つとも思えなかった。岳配の台詞を思い出す。

「東宮様は脱出の名手だ。あの手この手で御所から抜け出す。まったく、どこであのような手口を覚えてくるのやら」

溜め息と吐息が入り交じった言葉だった。御所は入るのも難しいが抜けるのも難しい。そんな御所を容易に出入りする東宮は控えめに言って仙人のようであった。だが、仙術が使えないことは確認済み。なにかしらの人の業《わざ》で脱出を繰り返していることは明白だったのでその点を調査する。知り合いの女官に聞き込みをする。東宮御所にやってきた当初に仲良くなった女官・李志温だ。

「あら、香蘭、元気そうでなによりね」

向日葵《ひまわり》のように微笑むと、彼女はその後、どうでもいい話を続ける。

「最近、お化粧の乗りが悪い」

「一〇品官で停滞しているからお給金がちっとも上がらない」

「どこぞの女官とどこぞの女官が夜な夜な慰め合っている」

その他、四つほどは本題とずれる話を聞かされた上で、彼女は回答してくれた。

「抜け道？　そんなものを私が知っていると思う？」

「道理」

　一介の女官が抜け道を知っている御所など危険極まりない。ある意味、知らないでいてくれて助かった、そのように纏めると、李志温は「なんでそんなことを聞いてくるの？」と尋ねた。

「いや、少し気になったもので。東宮様の健康を預かる身ですが、医者は健康は守れても暗殺者の凶刃から守ることはできません」

「そうよね。まあ、でも先日のようなことはそうそうないと思うわよ」

　先日とは呂豪《りょごう》という大臣が起こした皇太子弑逆《しいぎゃく》未遂事件のことである。摂政である東宮劉淵を政敵である大臣が暗殺しようとした事件であるが、結局、未遂で終わった。結果、呂豪は首を撥ねられ、東宮の寵姫が自殺するという形で事件は終結した。非常に後味の悪い事件であった。それを証拠にあの闊達《かったつ》な李志温が黙りこくっている。香蘭はその内情をすべて知っていたが、そのことは誰にも話せない。話題を転じさせる。

「たしかにあのときのように容易に暗殺者はやってこられないでしょう。しかし、宮廷の地下は迷路のような抜け道が張り巡らされていると聞いていますが」

「らしいわね」

　時の権力者というものは常に謀殺に怯《おび》えるもの。有能な家臣を恐れるもの。事実、古来より敵味方問わず謀殺によって人生を終えた君主の数は多かった。彼らは先人と同じ轍《てつ》は踏むまいと必死になっていたのだ。それが宮廷の地下に張り巡らされた抜け道である。

要は敵に囲まれたりしたとき、容易に宮殿を脱出できるように逃げ道を用意していたのである。それも皇帝が代わるごとに自分専用の抜け道を作らせるものだから、宮廷の地下はとんでもないことになっていた。蟻《あり》の巣のように穴が掘られているという噂がされている。

十数年前、その穴のひとつが陥没し、多くの女官が生き埋めになった事件があった。そのとき宮廷にいた父に聞いたのだが、酷い有様だったそうで女官たちは地中でもがき苦しみながら死んだという。美しかった貴妃たちの顔は空気を求めて醜く歪み、あれほど綺麗に手入れしていた爪がすべて折れていたという。必死で地面を掻きむしったのだ。

その死体を見て父は地下道の整理をしようと提案したそうだが、却下された。万乗之君《ばんじようのきみ》たる皇帝が作った道を埋めるなど、臣民として畏れ多いとなったのだ。それを聞いた香蘭は呆れたが、宮廷とはそういう理屈がまかり通るところなのだろう。ただ、いつまでもそのような暴論が通じるような世界にはしたくなかった。今の東宮様が皇帝の座に着けば、事情は変わると信じていた。だから香蘭は宮廷医を目指すのだ。

話がずれたが、結論としてはこの宮廷の地下は迷宮になっている。その入り口は女官ごときが知るものではない、というのが分かった。収穫はそれだけで充分だった。香蘭は李志温に礼を言ってその場を立ち去る。彼女は「どういたしまして」と微笑むが、素っ頓狂な言葉を続ける。

「──あれ、見慣れない女官がいるわね。新入りかしら」

「見慣れない女官？」

志温は遠くを指さす。たしかに遠くに女官の影が見えるが、豆粒のように小さい。

「目がいいのですね」

「うふふ、父にもよく言われたわ。おまえは鷹《たか》のように目がいいって。前世は猟師だったのかも」

「鷹そのものかもしれません」

「縁起がいいわね。──話は戻すけど、あの女官、新入りかしら？　見たことない顔をしているけど」

「そうなのでしょう。後宮は人の出入りが激しい」

後宮に住まうものを合わせれば千を超える。全員の顔を覚えるなど不可能であった。だから香蘭は気にもとめなかったのだが、志温が気になる言葉を発する。

「そうね。でも、あの女官、なんか変テコ」

「変テコ？」

どこがだろうか。香蘭にはごくごく普通の女官にしか見えない。

「いや、だってあの娘、服は下位の女官のものだけど、帯は上等なものを付けてる。貴妃様が巻くような帯を着けているのよ」

「そうなのですか。まったく分からなかった……」

「帯といえばあなたも素敵なものを着けているわね。でもちょっと身分不相応かも。ま、お医者様だから大目に見てもらえるだろうけど」

「普通は大目に見てもらえないのですか？」

「普通はね。宮廷は女社会よ。そんな中、自分より下位の身分の娘が自分よりも上等な帯を巻いていたら、あなたはどう思う？」

どうも思わないが、苛立《いらだ》つものもいることは理解できる。人間、帯ひとつで他人を差別できるのだ。李志温としては注意を喚起したいところらしいが、残念なことに彼女はこれから所用があるようで。お付きの貴妃様にお使いを頼まれているのだそうな。

「というわけで香蘭、あなたが注意してちょうだいな」

「承りました」

このような面倒な役を買って出たのはあの帯を着けた娘が気になっていたからだ。徐々に近づいてくるが、ヘンテコなのは格好だけでなく、なにか雰囲気も異質なものを感じる。〝一介〟の女官でないことは確かだ。東宮様の行方を捜す大事な任務の最中であるが、無視をしていいような存在ではなかったのである。というわけで香蘭は彼女に近寄ると声を掛けた。

「いい天気ですね」

古今、天気の話ほど無難な挨拶はない。毎日のように患者と触れ合う香蘭にとって天気の話は定番の枕詞《まくらことば》だった。変テコな女官は一瞬、身体をびくりと震わせたが、伏し目がちに「その通りですね」と同調した。

「………」

香蘭は違和感を覚える。彼女の見た目は清流のように清らかだったが、それに反してとても太い声をしていたからだ。本人も自覚しているのだろう。

「──夏風邪ですわ」

と補足する。その後、扇子で口元を隠す。その仕草はとても艶っぽかった。女の香蘭でもどきりとしてしまうが、その所作でなんとなく正体が分かった。彼女は変テコな女官などではなく、変テコな貴妃なのだ。

貴妃が女官の姿になって遊んでいるか、もしくはなにかしらの事情があるのだろう。それならば着物は女官、帯は貴妃、というちぐはぐさも説明がつく、香蘭はいきなり核心を突くことにした。上記の推理を彼女に披瀝して見せたのである。

「………」

香蘭の推理を聞いた貴妃様は目を丸くする。その反応が香蘭の推理の正しさを証明しているように思われたが、残念ながらその推理は外れていたようだ。しかし、貴妃が隠しごとをしながら歩いていたことは事実だったらしく、

「不審者を見抜く眼力があるな。宮廷医としては上々だ」

と言い放った。口調が変わった。それに声がさらに野太くなった。そしてその声には聞き覚えあった。先週も聞いた声、週に一度は聞く声のような気がした。

「……まさか、あなたは」

その問いに貴妃は悠然と答える。

「そのまさかだ。私はこの国の東宮、劉淵である」

その堂々とした振る舞い。女の衣裳に身を包んでいても猛々《たけだけ》しさは一向に失っていない。その瞳の奥にある志は隠しようもなかった。

「劉淵様、なぜ、そのような格好を」

「趣味だ」

「…………」

言葉を失ってしまったが、すぐにそれが冗談であると分かる。東宮に女装癖がないのは明らかであったし、口元が僅かに歪んでいるのを見逃さなかった。東宮はあの白蓮の悪友である。他人をからかうのが大好きなのである。困った人であるが、香蘭はこの手の人物の扱い方に長《た》けていた。

「東宮様」

　怒るよりも呆れながら諭したほうが効果的なこともある。この辺、幼児と同じだ。頭ごなしに怒るよりも、いい大人であることを思い出させるのがこつであった。それは東宮様にも効果てきめんで、茶化す気分を喪失させることに成功した。自身がなぜ、女装しているのか教えてくれる。

「許せ、香蘭。戯れだ」

「お戯れもほどほどに。それでなぜそのような格好を？」

「うむ、それは御所を抜け出すためだ」

「なんと。そのような手を使っていたのですか」

「抜け道も使うが、このような搦《から》め手《て》も使う。毎回、同じ手だと飽きるしな」

「抜け出すこと自体を娯楽にされているのですね」

「まあな、岳配との知恵比べを楽しんでいる」

　なんでも年々、見張りを厳重にされたり、抜け道を封鎖されたり、情勢は不利になりつつあるそうだ。そんな中、思いついたのが堂々と御所を抜けられるこの策だったそうで。

「女官がすんなり出入りしている姿を見て思いついた。後宮は男の出入りは五月蝿いが、女はそれほどでもない」

「どうやって女の衣裳を手に入れたのです」

「口の硬い貴妃と女官に借りている」

「だからごっちゃになっているのですね」

「変なのか？」

　自分の服を軽く見る東宮。ちぐはぐさに気が付かないらしいが、香蘭も先ほどまでまったく気が付かなかったので笑うことはできない。控えめに志温の言葉を伝える。

「なるほど、そういうものなのか。女は鋭いな。衛兵はそんなこと気にも止めないぞ」

「殿方はいい加減なものですから」

「以後、留意をする。ところで香蘭、おまえは私の秘密を知ってしまったな」

「女装の件は生涯の秘密とします」

「そんなことはどうでもいい。俺の脱出方法を知ってしまったということだ。このことを岳配に報告するか？」

「東宮様を見つけ出すように頼まれております」

「私と岳配、どちらの味方だ」

「……そのような物言いをされると辛いです」

　心情としては岳配であるが、香蘭は臣民、東宮は未来の皇帝だった。……真剣に悩んでいたためだろうか、東宮は思わず笑い声を漏らす。

「ははは、まったく、なんと生真面目な娘だ。いいさ、いいさ、いくらでも岳配に報告していいぞ。秘策はひとつではない。ひとつくらい潰されて困らないさ」

「ご配慮感謝します。なるべく婉曲《えんきょく》にお伝えします」

「うむ。許してつかわす。――つかわすが、借りのひとつだと思ってほしいな」

「それはもちろん。東宮様のためならば犬馬の労もいといません」

「それでは早速犬になってもらおうか」

「は、犬の鳴き真似でもすればいいのでしょうか？」

「それも面白いが、私は散歩がしたい」

「散歩ですか？　いくらでもお付き合いしますが」

「それでは一緒に市井に、宮廷の外に行ってもらうぞ」

「………………」

　どうやら東宮様は香蘭を共犯にすることによって秘策を増やすつもりのようだ。まったく、抜け目ない御仁である。

「分かりました。おひとりで外に出られてなにかあったら、それこそ岳配様に顔向けができません」

　そのような論法で東宮を外に連れ出すことにした。快諾をした香蘭を見て東宮は華やかな笑みを浮かべる。相変わらずの美丈夫ぶりだ。女装しているせいか、その美しさが際立っている。もしもこの場に男がおり、香蘭と女装をした東宮、どちらを嫁にするか、と尋ねたら、一〇人中八人は東宮を選ぶだろう。変わりもの以外、香蘭を選ぶ理由はない。それくらいに東宮の女装は様になっていた。見習いたいものだ。そんなふうに考えながら一緒に御所を出た。衛兵の詰め所で数回、誰何《すいか》されたが誰ひとり、東宮が男であると気が付くものはいなかった。

東宮と一緒に街に出る。南都を散策するのだ。摂政になる前は堂々と御所を出ていたそうだが、今は容易に外に出られないのが東宮の立場だ。立太子の礼を行った東宮は名実ともに次世代の皇帝なのである。

かつてのことを、

「今にして思えばあのときが一番幸せだった。皇太子になり、摂政になって身分こそ安定したが、それが幸せに直結したことはない」

と表す。

「たしかに東宮様はどんなにえらくなられても酒池肉林の贅沢を好む方ではありませんしね。責任だけがのしかかり、損をしているように見えます」

「その通り。分かっているじゃないか。だから時折、白蓮が羨ましくなる。なにもかも放り出してただ好きなことをしているだけのやつが」

「白蓮殿には白蓮殿の辛さもあるはず」

「だが自由がある」

「それは否定しませんが……」

基本、患者の治療に明け暮れる白蓮であるが、人生を楽しむ術も知っていた。一日の仕事が終われば晩酌もするし、食い道楽でもあるので食べ物にはこだわる。休みと決めた日にはテコでも治療はしないし、妓楼通いの日々。人生を謳歌《おうか》するという意味では東宮よりも遙かに勝る。その点、東宮は風流皇帝と呼ばれる今上帝の面影はまったくなかった。

「意外です。東宮様は白蓮殿の生き方を羨んでおられたのですね」

「時折、ほんの気まぐれにそう思うこともあるだけさ。一週間だけでも立場を入れ替えたい」

「創作物語にそういうのがありました」

「皇帝と乞食か。悪くない」

まんざらでもなさそうだが、これ以上、詮ないことを言うつもりはないようだ。目的を果たそう、と言う。

「目的ですか？　気晴らしがしたかったのではないですか？」

「それが主目的だが、視察もある。私は御所を出ると必ず行くところがある。そこに付き合ってもらおうか」

「かしこまりました」

と返答すると香蘭は意外なところへ連れて行かれる。そこは市場だった。一国の皇太子が市場に赴き、真剣な表情で魚や果実を見つめるのは違和感を覚えた。そのことを指摘すると東宮は微笑む。

「私と市場はそんなに不釣り合いかな」

「女人の格好をしていると尚更合いませんね」

周囲の視線が東宮に集中しているのが分かる。市場には女人もいるが、貴人はいない。貴妃のように気品漂う東宮はとかく目立った。他所《よそゆ》行きの香蘭よりも目立っている。

「まあ、だからこそ逆に声を掛けられないのかもしれない。あまりに手が届かなそうな女には声を掛けないものなのだろうな」

「それはあるかもしれません。わたしも白蓮殿によく言われます。おまえのように小うるさそうな女を嫁にしたい奇特なものはいないだろうから、ナンパの心配はないだろうな、と」

「ナンパとはなんだ？」

「求愛のことらしいです」

「なるほど、異国の言葉か」

「左様です」

「相変わらずだな」

と返すと東宮は意識を林檎《りんご》に集中させる。林檎の値段は数ヶ月前から変化はなかったが、品質が保たれているか確認しているようだ。良い品質のものが適正な価格で売られていればよし、そうでないならば国力が衰えている証拠なのだという。東宮は銅銭を数枚、店主に渡すとそのまま林檎にかぶりつく。店主はあっけにとられている。貴妃のような別嬪《べっぴん》がこんなことをするとは思っていなかったのだろう。香蘭も同じ気持ちなので弁解する。

「地方貴族の娘さんです。……末の」

信じたかは知らないが、納得はしてくれたようだ。こちらの柑橘《かんきつ》もいかがですかね、と勧めてくる。東宮はそれを買うとそれもそのまま囓ろうとするが、それはさすがに奇異なので止めさせる。

「と――、いえ、淵様、それは皮を剝《む》いて食べるものです」

「そうなのか？」

「そうなのです。御所で出された林檎は皮を剝いてありませんでしたか？」

「たしかに剝かれていたが、ああいう品種なのだと思っていた」

さすがは東宮様、発言が貴人そのものである。

「林檎は皮があっても食べられることは食べられますが、柑橘の皮は身体に毒です。渋すぎます」

「なるほど、しかし、どうやって剝くのだ？」

「こうやってです」

香蘭は柑橘を剝くと、柑橘の粒をひとつ、東宮の口に放り込んだ。東宮はもぐもぐと咀嚼《そしゃく》すると「酸っぱい」と感想を口にする。

「この時節の柑橘はこんなものでしょう。時期がくれば甘くなります」

「まあ、これはこれで美味いが。香蘭が剝いてくれたものだしな」

「………………」

さり気ない言葉に思わずどきりとしてしまうが、意識していった言葉ではないことは明白だったので、聞き流すと次の商店に向かった。野菜や果実の相場や出来は把握した。次は肉と魚である。どちらも民の生活に欠かせないものであった。

その後、数刻ほど市場を練り歩くと、香蘭は少しよろめく。その姿を見て東宮様はどうした？ と尋ねてきた。

「ただの立ちくらみでございます。恥ずかしながら日頃は本ばかり読んでいるので、あまり歩かないのです」

「そうか、それは大変だな。許せ。女と出歩くことは滅多にないので、女がか弱き生き物だということを忘れていた」

「こちらこそ面目ありません。着慣れぬ着物で締め付けられているせいでしょう」

近くで休みたい旨を伝える。

「それがいいだろう。おぶってやろうか」

有り難い配慮であるが、それは断る。一国の東宮に背負われたことが母に伝われば一大事である。自害されてしまうかもしれない、と笑うと白蓮診療所に立ち寄りたいと提案する。

「薄情な師ですが、行けば茶の一杯でも出してくれるはず。さすれば身体も休まりましょう」

「そうだな。ここから近いのか」

「抜け道を使えばすぐです」

南都の市場から白蓮診療所までは距離にしてすぐであるが、途中、大きな建物が邪魔をして直進できない。ただ、その建物の脇を縫うように進むと最短で向かうことができた。ただしこの道は危険が付き纏うため、使用は推奨されていない。貧民街でも治安が悪いところを通らなければいけないのだ。香蘭は白蓮診療所の医師であり、地元民に襲われる心配はないが、東宮は違う。彼女、いや、彼か、彼の見た目は最上級の美人であり、犯罪者たちには魅力的に見えるはず。

そんな中、女ふたりで突き進むのは躊躇われたが、時間は有限であった。いつまでも御所を空にするわけにはいかない。手早く東宮様にはご満足いただき、迅速に御所に戻っていただくのが、最適解と言えた。というわけで香蘭は躊躇することなく、危険な道を選んだのだが、その考えが甘かったのだろう。香蘭と東宮は騒動に巻き込まれる。

白蓮あたりに言わせれば「おまえは学習能力がないのか」ということになるのだろうが、今回に限っては、騒動を持ち込んだのは東宮だった。

東宮様は貧民街が物珍しかったのだろう。見慣れぬものを見かけると、立ち止まっては観察されていた。その姿は好奇心に満ちた童子そのもので、そのような無防備な姿では、犯罪者たちも鎌首をもたげるというもの。負の心を刺激されるというもの。もう少しで大通りというところでお決まりの悪漢たちが出てくる。今までどこに隠れていたのだろう、と考えたくなってしまうほどの数だった。彼らは思い思いの武器を手に香蘭たちに迫る。まったく、そのような努力をするのならば普通に働けばいいものを、と香蘭は口にするが、その発言は東宮様の冷静な突っ込みを受ける。

「彼らは働きたくても働き口がないのだ。見れば手足が欠けたものや、生まれつき不憫なものも見られる。彼らとて本当は善良な人生を歩みたかったはず。それを果たさせてやれなかったのは施政者の責任だ」

「…………」

まったくもって正しい理論だったので、反論しようがないが、一国の東宮が女装をしたまま捕まり、奴婢として売られるのはあまりにもだったので、その手を引き退散する。

香蘭はこの類の騒動には手慣れたものであった。

「やるではないか、香蘭」

「お褒めいただき恐悦至極」

軽くやりとりを交わすが、すぐにその言葉は撤回される。間違って袋小路《ふくろこうじ》に入ってしまったからだ。「間違えた」と焦る香蘭を見て、東宮は「……白蓮が俺の弟子は間抜けだと言っていたが、たしかにそうだな」と呆れる。

「肝心なときにこうなるのですが、ご安心を。絶体絶命の窮地になると救いの手もやってくるのです」

無論、減らず口というか、軽口の類いであったが、その言葉は真実を帯びることになる。袋小路だと思われた道の奥から光が漏れる。誰かが扉を開けてくれたのだ。普通、悪漢どもに追われている娘を招き入れるなど有り得ない。助けてくれると見ていいだろう。事実、扉の奥からは「助かりたければ、こっちにきな」という若い娘の声が聞こえた。

渡りに船とばかりに彼女の指示に従うと、後方から悪漢たちの足音が。間一髪のところで香蘭たちは安全地帯に逃げ込むことに成功した。

香蘭たちを家に招き入れてくれたもの——、助けてくれたのはうら若き女性だった。

一目で夜の商売をしていると分かる女性だった。彼女はそれを承知の上で自己紹介する。

「あたいの名は何伽《かか》。ここいら辺で商売をしている女さね」

悲壮感はない。彼女は自分の職業に誇りを持っているようだ。香蘭は触れないことにしたが、東宮は平然と触れる。

「それで商売女がなぜ、私たちを助けてくれる」

とんでもない物言いにぎょっとするが、かえって偏見のないその態度を何伽は気に入ったのだろう、「はっは」と笑った上で教えてくれる。

「いや、あたいとしてもあんたらを助ける義理は一切なかったんだけどね。でも、あたいのばあちゃんがあんたらに興味を示したから」

「おばあさまが？」

「そうだよ」

と言うと何伽は奥を指さす。そこには寝所に横たわる老女がいた。寝たきりのようにも見える。

「いや、寝たきりなんだが、ふと、窓からあんたを見ると生き返ったかのように立ち上がってね。ま、今はまた死んだように眠っているが」

「あんたというと私のほうか？」

東宮が尋ねると何伽は「いんや」と首を横に振る。

「あんたじゃなく、そっちのちっこいお嬢さんのほうだ」

「わたしですか？」

香蘭は自分の鼻先を指さす。

「そうだ」

「はて、知り合いだろうか……」

眠っている老女の顔を覗《のぞ》き込《こ》むが、見覚えは一切ない。しばし観察していると突然、老女は目を見開く。

「公主様、お会いしとうございました」

「うわ」と思わず身をよろめかしてしまう。それほどまでに老女の勢いは凄まじかったのだ。香蘭に喰い掛かってこんばかりであった。実際には喰い付かれることはないが。

彼女は香蘭の手を握りしめると、「公主様、公主様」と涙するだけだった。困惑する香蘭は東宮に助けを求めるが、彼は冷静に事態を観察していた。

「公主とは皇帝の娘の意味だが、香蘭、おまえは公主だったのか」

「まさか、東宮様とは似ても似つかないでしょう」

「たしかに。ならばこの老女の勘違いだろうか」

そのように考察していると、老女は「儀容様《ぎよう》」とつぶやいた。その言葉に東宮は僅かに反応するが、それ以上はなにも言わなかった。何伽は「ご覧の通りさ」と纏める。

「いやね、あたいのばあちゃんは大昔、後宮で女官をしていたのだけど、そのとき仕えていた公主様の面影をあんたに見い出しちまったみたいなんだ」

「わたしに」

「そういうこと。昨日まではぴくりとも動かなかったばあちゃんが、あんたを見た途端、この有様だ。まあ、迷惑でなければもう少し一緒にいておくれ」

「迷惑なんてとんでもない。おばあさまは我々の恩人です」

その後、何伽に出涸らしの茶を入れてもらうとしばらく、老女の相手をする。彼女は完全に惚《ぼ》けており、香蘭を儀容という皇女と勘違いしていた。「お久しゅうございます」「お久しゅうございます」と昔語りを始める。宮廷での華やかな日々を語り出す。まるで夢物語のような話であるが、儀容公主の華やかにして華麗な人生は香蘭の耳目を惹《ひ》き付《つ》ける。次第に彼女の語りに夢中になっていった。

ただ、東宮にとってその話は面白くもなんともないのだろう。公主が二〇〇足の靴を持っていたとか、南方の珍しい果実を食べたとか、どうでもいいと言わんばかりに、あくびをしていた。香蘭は自分の主が誰であるか思い出すと、いつまでもここにいられないことも思い出す。しばし、歓談するとこの場を辞する旨を何伽に伝える。

「あいよ。悪漢《あいつら》も諦めて退散しただろう」

そう言うと玄関を開け放ち、周囲に人影がないか確認する。安全を確認すると香蘭たちを手招きし、道を教えてくれる。

「あんたらみたいなお嬢ちゃんを救うのは趣味じゃないんだが、これもばあちゃんのためだ。久しぶりに〝まとも〟に起き上がって話している姿も見られたし、あたいは満足だよ」

「こちらこそ本当に有り難いです。わたしは陽香蘭、白蓮診療所の見習い医です。もしもなにかありましたらいつでも診療所をお尋ねください」

社交辞令ではない言葉を残すと何伽は喜んでくれた。その後、無事、白蓮診療所までたどり着くことができた。その間、東宮が無言だったのが気になったが、白蓮診療所に赴くといつもの闊達さを取り戻した。診療が終わった白蓮に酒をせがむ。

「いい身分だな。日が沈まぬ内から酒など……」

白蓮は吐息を漏らすが、悪い気分ではないだようだ。陸晋に酒を買ってくるように命じる。陸晋は「はい」と出掛けようとするが、東宮はそれを止めた。

「そこの小僧に話がある。香蘭、悪いが買いに行ってくれないか」

「承りました」

ふたつ返事で香蘭は診療所を出ていった。その後、陸晋少年に二、三声を掛けるだけで大した話をしない東宮に不審を持つ白蓮。

「なんだ、香蘭をこき使いたかっただけなのか」

「まさか。雇い主が過剰に酷使しているからな。私だけでも優しくせねば、と思っている」

「ならばなんで買い出しになど行かせた」

「あの娘には聞かせたくない話がある」

陸晋はさり気なく席を立つ。主とその友人の水入らずの会話を邪魔したくないようだ。

「つまみを作ってきます」と言って立ち去った。

「よくできた小間使いだ。おまえには勿体《もったい》ない」

「香蘭と並んで手放したくない小僧だよ。ところでさっきの話の続きだが、香蘭を貴妃にでもするつもりか？」

「まさか、妹を自分の女にはできないよ」

「……どういう意味だ？」

東宮の言葉に一際険しい顔になる白蓮。

「おまえもそんな表情をすることがあるのだな」

「たまにはな。特に悪友が酒を飲んでもいないのに酔っ払っているときは心配する。これでも医者の端くれだ」

「安心しろ、俺は素面《しらふ》だ」

「ならばなぜ、そのような戯言《たわごと》を口にする」

「戯言じゃないさ。まあ、真実である証拠もないが。ただ、事実だけを列挙する」

東宮はそう言い切ると、先ほどの老女との邂逅《かいこう》を話し出した。貧民窟で出会った商売女と老女の話だ。老女は香蘭を見るなり、「公主様」と言った。

「公主とは皇女のことだよな。うちの香蘭をなぜそんな上等なものと間違える。惚けているのではないか？」

「惚けているさ。ただ、惚けていても間違っているとは限らないだろう」

「おまえがそのように言うということはなにか確証があるのか？　香蘭が皇女だという確証が」

「ない。ただし、老女の言葉は真実だと思う。なぜならばあの老女は皇族かもしくはそれに仕えていたものしか知らない事実を知っていた」

「ほう、それはどんなものだ」

「あの老女は私の妹の腹に火傷があると言った。そのことを知っているのは皇族とごく一部のものだけだ」

「そうなのか」

「ああ、公主たるものに火傷があるなどと知れれば嫁の貰い手が減るからな」

「ならば香蘭にも火傷はあるのか」

「それは知らない。――というか、それを尋ねようと思ってきたのだが、おまえも知らないのか」

「なにが悲しくてあんなちんちくりんの腹を見なくてはいけない」

「互いの身体のほくろを数え合う仲だと思っていたが」

「どんな仲だ」

「男女の仲ではないのか？」

「俺がそこまで女に飢えているように見えるか？　そこらの木の股を見ているほうが興奮する」

「なるほど、大切な弟子というわけか」

「なぜ、そうなる」

いつものように軽口に発展するが、結局、その日はそれ以上、この話をすることはなかった。香蘭が酒を買って帰ってきたということもある。陸晋が美味いつまみを持ってきたということもあった。白蓮は美食家であったし、東宮も酒は嗜むほうであった。まてやふたりで飲むのは久方ぶりのこと。積もる話もあったし、公主のことはいったん、捨て置く。

その後、白蓮は健啖《けんたん》家であることを示すかのように陸晋のつまみに舌鼓を打ち、東宮は嘗《な》めるように酒を嗜んだ。両者、対照的な飲み方であるが、心の底から酒の席を楽しんでいるのは明白だった。香蘭は酌をさせられながら、ふたりの男が時間を取り戻していく様をじっと見つめた。


宴もたけなわになってきたので、そのまま診療所に東宮を泊めておきたいところだが、あまり長居をさせると岳配が心労のあまりに倒れてしまうかもしれない。香蘭は東宮に御所に戻ることを勧める。

「そうだな、岳配に倒れられたら夢見が悪い」

迎えの馬車を呼ぶため、香蘭は陸普少年と共に宮廷に向かった。その間、白蓮と東宮は酒を酌み交わしながらこんな話をした。

「──もしもだ。もしも香蘭が公主だったらどうなる？」

「気になるのか？」

「少しはな」

「私はどうにもする気はない。しかし、俺の父親は案外、娘が少ない。姉は皆結婚しているし、妹は早世したものも多い。新しい公主を政治的に利用しようとする輩が出てくるだろうな」

「ふむ、つまりどこぞの貴族に嫁入りさせられてしまうということか」

「可能性は高いな」

「ならばこのことは黙っているのが吉だと思うが、おまえはどう思う？」

「私も同じ考えだ。妹にするのは悪くないが、それよりも宮廷医として重宝している」

「ならば決まりだな。公主の一件は秘密ということで」

「腹の火傷は確かめないのか？　もっとも手っ取り早いぞ」

「シュレディンガーの猫という言葉がある。箱を開けて確認するまでは事実は事実でなくなる」

「つまり確認しなければ香蘭が公主だとは確定しない、か。悪くない考えだ」

そう言うと東宮は盃を掲げる。ふたりの秘密に乾杯をしようということらしい。まったく、面倒くさい男であるが、ここはやつの流儀に従うことにした。

白蓮が盃を返すと遠くから馬のいななきが聞こえた。この貧民街に馬を飼うようなものはいないから、十中八九宮廷からの迎えだろう、ということはこの男との酒宴もここまでである。この数年間、ご無沙汰であったからまあまあ楽しい酒宴であった。その後、ふたりは別れを告げると、それぞれの道に戻る。白蓮は医道、劉淵は政道。どちらも険しい道であったが、この世界の片隅に友がいると思うと心が少し楽になった。

†

翌日、香蘭は珍しく寝坊をする。昨日の疲れが溜まっていたのだろう。さもありなん、一日中東宮に振り回されたのだ。文弱な香蘭の身体は悲鳴を上げていた。本当は昼まで眠っていたかったが、香蘭は重い身体を起こす。朝食の席に出ないと家族が心配すると思ったのだ。

香蘭は重い身体に鞭《むち》を打って食卓に向かった。そこにいるのは父と母、彼らは朝粥をすすっていた。香蘭が食卓につくと「昨日はご苦労だったな」という言葉を貰う。香蘭が畏れ多くも東宮様の馬車で帰ってきたことを知っているのだろう。細かな事情までは知らないようだが、香蘭が疲れ果てるようなことがあったことは察してくれているようだ。有り難い限りである。これ以上、心配は掛けたくないので無理矢理背筋を起こし、眠気を振り払った。食欲のない胃に朝粥を放り込む。二口食べたところで周囲を見渡すと、今日も姉がいないことに気がつく。香蘭はそれについて尋ねる。「姉上は今日もいないようですが、まだ体調が優れないのですか？」

その質問に答えたのは横で控えていた順穂だった。彼女は「それなのですが――」と返答する。しかし、父はそれを遮った。

「順穂、余計なことは言わないでいい」

家長である父の言葉は絶対だったので、順穂はそれ以上、口を開かなかったが、その様子だけで姉になにかあったと察することができた。香蘭は朝粥をもう二、三口に運ぶとそのまま姉の部屋に向かった。父も母もそれを止めることはなかった。


姉の部屋の扉を二度ほど叩く。姉の声は聞こえなかったが、遠慮せずに室内に入ると姉の顔を見る。とても儚げで悲しげな表情をしていた。今にも朽ちてしまいそうなほどもろく見えた。とても元気があるようには見えない。香蘭はわざと大きな声で挨拶をし、部屋の端に歩みを進めると窓を開ける。姉に光を浴びせるのだ。よく陽を浴びないと身体が弱くなる、などと両親に怒られたものだが、その俗説には科学的な根拠がある。白蓮いわく、「太陽を浴びないと体内でビタミンDを生成できなくなる。ビタミンDは骨を生み出すのに必要な栄養素で、これが足りないと骨粗相症やくる病などに罹る」らしい。貧民街の日も差さぬ場所で暮らす人々や逆に日焼けを忌み嫌う貴族の娘などがビタミンD欠乏症に罹り、病を発することがある。姉の白磁のような肌は日光が不足しているように思われたので香蘭は遠慮なく、姉に日光を浴びせた。

姉は陽光を浴びても溶けることはなかった。ただ元気になることもない。香蘭は窓を開けるとき、姉を元気づけようと窓の外の景色を言葉にして伝えた。

「姉上、今日も日差しが綺麗です、まるで向日葵《ひまわり》のようなお日様ですよ」

それに風も清々しい、と付け加えると、涼やかな風が部屋に迷い込み、姉の髪を揺らす。姉はそれでも反応しないが。――香蘭は構わずに続ける。

「姉上、見てください。梅の花が芽吹いていますよ」

「……もう、梅の季節なのね。懐かしいわ。昔、あなたと一緒によく見た」

「そうです。姉上の両目がまだ少し見えていた頃、よく一緒に庭を散策しました。わたしが子猫を助けるために梅の木に登って降りられなくなったことがありましたよね」

「あのときは大変でした。大人を呼びに行っている間にあなたが落ちてしまって」

「おかげで猫は助かりましたが、こっぴどく叱られた」

「あたりまえよ」

「でも姉上が私を庇ってくれた。猫を助けるために香蘭は身体を張ってくれたのだと父上と母上に説明してくれた。おかげで夕食抜きは一日で済みました。さらに副産物として猫も飼えることになった」

「結果良ければすべてよしね」

「ですね、どさくさまぎれとも言いますが」

そう言うと香蘭はにこりと笑う。姉もそれに釣られて笑う――ことはなかった。重く沈んだ表情は崩せなかった。姉は窓の縁に立つと、そこから見えるはずの梅の木に向かって語りかける。

「あの頃は幸せだった。自分がなにものであるか、姉と妹がなんなのかなんて考えなくてもよかったのだから」

「姉と妹は家族です。それも一番大切な」

「そうね。あなたがそう思ってくれているのは知っているわ」

「姉上はそうではないのですか？」

「もちろん、私にとってもあなたは大切な妹よ。でもときどき羨ましくなってしまうの。妬ましくなってしまうの。あなたのことが」

「………」

「どこにもで自由に行けるあなたが。なにものにでもなれるあなたが。無限の可能性を秘めたあなたを羨ましく思ってしまう」

「わたしは医道科挙にも合格できない不自由なものです」

「でもやがてあなたは医者になる。多くの人に必要とされる。誰かのお嫁さんにもなれるわ」

「姉上にも求婚の話がきていると聞いています」

「不実の人間からしか求婚はこないわ。私は目が見えない代わりに人の心が見えるの。人の心底が透けて見えるの。陽家の名声とお金にしか興味がないようなものしか私を求めない」

「……姉上には私も不実な人間に見えますか？」

「まさか。そんなことはないわ。香蘭、あなたはとてもいい子。自分以外の人のために頑張れる娘、夢のために前を向いて歩ける娘、誰かを愛することができる娘、誰かに愛されることができる娘——そのどれも私にはないもの。だから時折、羨ましくなってしまうのね」

「わたしは姉上の重荷なのでしょうか」

「違うわ。あなたは関係ない。ただ、時折、思うの。もしもあなたが家族でなければ、もしもあなたがいなければ、私はこんなふうにならなかったんじゃなかったかもしれない、って……」

「姉上……」生まれて初めて姉の陰を見た香蘭、掛けるべき言葉が見つからない。

「健康なあなたが羨ましい。どこまでも飛翔《ひしょう》できるあなたの行動力も。なぜ、同じ姉妹なのに私たちはここまで違うの？」

まさかそのように思われていたなどとは露知らず。香蘭は言葉もなかった、その姿を見て姉は心を痛めたのだろう。「ごめんなさい……」とうつむく。自分の中に闇が生まれてしまったと嘆く。

「あなたは私にとってたったひとりの妹……、だから傷付けたくないの。それだけは分かって」

「分かっています。わたしは姉上の妹ですから」

香蘭は努めて微笑みを作ると、姉もそれに呼応してくれた。

その後、しばし普通の会話をする。姉と妹の会話だ。先ほどの曰くありげな会話を打ち消すかのように言葉を重ねる。

（……姉上は少し気重になっているだけ、しばらくすればもとの優しい姉上に戻るさ）

香蘭はそのように結論付けたが、その結論は最後に覆される。別れ際、最後に春麗が申し訳なさそうに真実を話した。

「──香蘭、私とあなたは血が繋がっていないの。あなたは他所からもらわれてきた子なのよ」

「…………」

その不意打ちに香蘭は言葉を無くすしかなかった。

†

その夜、白蓮診療所から帰ってきた香蘭は、夕餉《ゆうげ》の席で父と母の顔を見る。最初こそまともに見ることはできなかったが、意を決し、観察する。ふたりはあまり似ていない。

夫婦は他人だから当然だが、そのふたりの愛の結晶であるはずの香蘭はどうであろうか。自分の顔を思い浮かべるが、たしかに父にも母にも似ていなかった。昔は祖父に似ていると言われたが、香蘭と祖父に血縁はない。祖父は宦官だったので父は養子なのである。

（……父上にも似ていないし、母上にも似ていない。無論、姉上とも）

朝、姉が話した言葉は真実なのだろうか。香蘭は思い悩むが、結局、夕餉の席でそれを尋ねることはできなかった。夕食も半分以上残し、自室へと戻ってしまった。母親は「また痩せっぽちになってしまうわ」と嘆いたが、父は鋭い視線で香蘭を見つめていた。

香蘭に医者としての才能があるとすれば、そのうちのひとつは間違いなく寝付きがよいことだった。どのような場所、時間でも眠ることができるのが良い医者、というのは白蓮の持論だった。医者に朝も晩も盆も暮れもないというのは香蘭も知っていたので、自分の特性は武器だと思っていたが、確固とした武器ではなかったようだ。香蘭は珍しく眠ることができなかった。その晩、朝、姉から口から発せられた言葉を思い出す。

「――香蘭、私とあなたは血が繋がっていないの。あなたは他所からもらわれてきた子なのよ」

姉の言葉が頭の中に響き渡る。自分と姉は血が繋がっていない、その告白は悲しさを含んでいたし、納得の成分もあった。だから万丈の美姫と出涸らしの娘が姉妹として暮らしているのか、と思ってしまうのだ。

ただ、やはり悲しみの成分のほうが強い。姉の勘違い、あるいは意地悪なのではないかと思いたいところであったが、先日のことを思い出す。

『公主様、公主様！』

香蘭のことを公主儀容と間違えた老女。彼女の言葉がもしも正しければ姉の言葉は真実ということになる。自分が公主――？　有り得ない話であったが、香蘭は思わず立ち上がると鏡を見てしまう。そこにいたのは見慣れた顔だった。平凡な顔立ち、美人と主張できないこともない顔立ちの娘がそこにいた。

「とても東宮様と同じ血が流れているとは思えない」

無論、皇族すべてが同じ顔をしているわけではない。東宮の弟である劉盃は兄である劉淵とは似ても似つかない。そもそも東宮の父である皇帝と劉淵も似ていない。その他、何人かの皇族の顔を思い出してみても、共通点は少なかった。ただ、全員、やや細面で線が細いという共通点はあるが。香蘭もやや線が細いので系統が違うと断言することはできなかった。

思い悩んでいるうちに空が白んでくる。このまま悩んでいても仕方ないので、早めに朝食を用意してもらうと、ひとりそれを食し、白蓮診療所に向かった。

白蓮診療所は今日も平常運転である。朝は閉まっている。しかしだからといって暇というわけでもなく、入院患者に朝も昼もなかった。当直医をしている白蓮に話し掛ける。

「お疲れでしょう。代わりますから仮眠でもしてください」

最初、香蘭が診療所にやってきたことも気が付いていない振りをしていた白蓮だが、その言葉を聞くと少しだけ心配してくれた。

「なんだ、悪いものでも喰ったのか」

「その逆です。昨日からろくに食事を取れていません。今朝は無理やり粥を腹に入れました」

「そいつは難儀だな。減量《ダイエット》か？」

「まさか」

「だよな。お前に必要なのは美貌ではなく、脂肪だものな」

「自分でももう少し肉がほしいと思っていますよ」

「そいつは結構、それでなぜそんなしょぼくれた顔をしている？　仮眠をさせてくれる礼に悩みくらいだったら、聞いてやらないこともないぞ」

「タダでですか？」

「失礼なやつだな……。まあいいか。気が変わらないうちに言え」

本当に気が変わられたら困る。香蘭はさっそく相談事を切り出した。

「白蓮殿、以前、白蓮殿の住んでいた世界ではＤＮＡ鑑定というものがあったんですよ

いた」

「あった。女も男も本当に自分の子か気になるものらしくてな。市民レベルで使われていた」

「いいことなのか、悪いことなのか、判断に迷うところですが、そのような手法を使えるのは羨ましくあります」

「そうだな、こちらの世界でも使えるのならば金のかかる後宮というシステムを廃止できるかもしれない」

後宮とは皇帝の子供を確実に産むために発達したシステムだ。皇帝の子が実子だと証明できれば、無理をして女の園など作る必要はなかった。劉淵あたりならば手放しで導入してくれるだろうが、残念ながらこの世界でDNAを鑑定する手法は確立していない。

そのことを香蘭に伝えるとがっくりと肩を落とす。

「なんだ、どこの誰とも分からぬ男の子を身籠ったのか？」

「…………」

香蘭がきっと睨み付けると、さすがに言い過ぎだと思ったのか、白蓮は「冗談だ」と謝る。香蘭も取り立てて怒る気にはなれなかったし、師の性格を熟知していたので不問に付すと、今一度、確認した。

「白蓮殿でも親子の鑑定は不可能ということですね」

　香蘭は己のあごに手を添えると、しばし考え事をしてから返答した。

「──その様子だと先日の一件を気にしているのか」

「先日の一件……？」

「劉淵から聞いている。元女官の老婆と出会ったそうだな。そのときにあることないことを吹き込まれたとか」

「東宮様から聞かれていたのですね」

「ああ、心配していたぞ──劉淵がな」

「畏れ多いことです。しかし、わたしが公主様だなんて信じられない」

「その通り。気品の気の字もないからな」

「自分でもそう思います。自分が公主様だなんて信じられませんが、ただ、ひとつ気になることがあって……。それで思い悩んでいます」

「言ってみろ。相談に乗れるかも知れない」

　白蓮はいい加減な性格をしているが知恵ものである。またなにより人生経験がある。相談するに値する人物のような気がした。香蘭は正直にいきさつを話す。香蘭が姉のことを話す最中、白蓮は真剣な面持ちをし、途中、茶化すような言葉も態度は一切なかった。話を聞き終えると白蓮は腕を組み、瞑想《めいそう》のように考え込む。安易に助言のできる話でもなかったし、結論を出せる話でもなかった。白蓮は暫《しばら》く沈黙すると、唇を開いた。

「――なるほどな。そのようなことがあったのか。偶然出会った老女はおまえのことを公主だという。姉はおまえのことを貰い子だという。出来すぎだな。三文芝居のようだ」

「あるいは天命と言い換えてもいいかも」

「かもしれない。人間、誰しも一度は自分の出自に疑問を抱くもの、自分がなにものであるか問いたくなるものだ。これを機会に自分の起源《ルーツ》をたどるのも悪くない」

「自分の起源……」

「そうだ。知りたくもない過去と出会ってしまうかもしれないし、明日を生きる糧に繋がるかも知れない。鬼が出るか、蛇が出るか分からん。しかし、おまえは疑念を抱いてしまった。そしておまえは探究心の旺盛な娘だ」

「そうですね。わたしの性格上、白黒をはっきりさせないと本業のほうに身が入らなくなりそうです」

「そういうことだ。劉淵には曖昧のまま処理しようと提案したが、方針転換だ。徹底的に調べ上げる。そしてさっさと日常に戻るぞ」

白蓮らしいものいいだ。有無を言わさない口調であった。とても頼もしい上に有り難い。姉のことで落ち込みがちだった香蘭の心を鼓舞してくれているかのようだった。自分の起源を探る。白蓮殿は〝大いなる旅《グレートジャーニー》〟と言っていたが、香蘭もその〝ぐれーとじゃー〟なる旅をしなければいけない時がきているようだった。香蘭は今まで自分の出自に疑問を持ったことなどない。自分の両親を疑ったことなど一度もなかった。それほどまでに愛情深く育ててもらっていたのだ。ただ、白蓮はこのように言葉を補ってくれる。

「自分の起源を辿《たど》る旅は、両親を裏切る旅ではない。本当の親が誰であろうと、おまえの両親は陽夫妻だ。そのことを努々《ゆめゆめ》忘れるなよ」

その言葉は香蘭の胸に響く、起源がどうあろうと自分は自分なのだ。そう悟らせてくれた。

「もちろん、分かっています。どのような真実を知っても、両親に対する尊敬の念は変わりません」

香蘭の迷いのない言葉に白蓮は満足げに頷くと、

「さすがは俺の弟子だ」

と短く褒めた。

自分の起源をたどる、それは決まったが、問題はどうやるか、である。一番簡単なのは両親に尋ねることであるが、それはできない。香蘭は父母を傷付けるようなことはしたくなかった。それには内密に調査をするのが一番だった。

「だとしたら手っ取り早いのは劉淵に調査してもらうことだろうか」

「それが確実迅速ですが、東宮様はお忙しいです」

「白蓮殿は忙しくないと思ったか？」

「東宮様と同じくらい忙しいと思いましたが、その代わり東宮様よりも慈悲深いと思っておりました」

軽く持ち上げておくと基本方針は定まる。

「それでは劉淵に迷惑を掛けない範囲で探ってもらうか。そしてその間、俺たちも独自に調査する、ということで」

「それが一番でしょうね」

「そうと決まったら早速調査だ。例の元宮女の老婆に話を聞きに行け」

「はい。そうしようと持っています。彼女はリウマチのようなので薬を持っていけば歓迎されると思います」

「それは俺にリウマチの薬を処方しろという意味か？」

「優しい師ならばしてくれるはず」

香蘭は冗談めかして言うが、白蓮は意外にも従ってくれた。どうやら彼は香蘭が気落ちしていることを心配してくれているようである。内憂を早く取り除くことに協力を惜しむ気はないようだ。いい師匠を持った。そう思った香蘭は軽く白蓮の肩に触れる。

「なんだ？　寝首を掻くつもりか？」

「まさか、師の疲れを癒やすために按摩《あんま》でもしようと思っただけです」

「それは気が利くな、頼む」

白蓮は黙って香蘭に肩を預ける。白蓮の背中はとても広く、たくましい。ただ、とても堅かった。疲労によって筋肉が凝り固まっているようだ。香蘭が念入りに師の肩を揉《も》むと、白蓮は珍しく表情を緩める。とても疲れていたようだ。いい師匠孝行ができてよかった。


貧民街の中でもさらにうらぶれた場所に老女は住んでいる。かなり入り組んだ場所に住んでいることから、迷ってしまったが、住人に何伽という娘が住んでいる家はどこか尋ねたら答えが帰ってきた。

何伽は取り立てて美人ではないが、祖母思いの優しい娘として知られていた。元女官の祖母の面倒を見る孫娘と説明をしたら、どの家のものかすぐに家の場所を教えてもらえた。

「彼女のような孝行娘になりたいものだ」

そのように感想を漏らすと、教えてもらった家の扉を叩く。昼間だったので何伽はまだ家にいた。仕事前に家事をこなしていたようだ。彼女は祖母とふたり暮らしのようで、家のこともすべてやっているらしい。見上げた女性であると評すと彼女は「大げさな」と笑った。

「誰だって自分のばあちゃんには優しくするもんだろう。ばあちゃんはあたいのおしめを換えてくれていたんだ。今度はあたいがばあちゃんのおしめを替える。それだけのことさね」

「それができるのを孝行というのです。色々な患者を見てきましたが、『孝』がなんであるか、知っている人間は少数派です」

「そんなもんかねえ」

何伽は興味なさげに言うと、皿洗いを終えるまでお茶を出せないと伝えてくる。「お茶など不要です」と伝える。

「そういう訳にはいかないよ。あんた、お医者様なんだろう」

「見習いです」

「未来のお医者様だ。医者は大切にしろってばあちゃんに口が酸っぱくなるほど言い聞かされて育ったんだ」

「仁義に厚いおばあさまですね」

「昔気質《むかしかたぎ》なんだよ。というわけであんたに茶を出さないとあたいがあとで叱られるんだ。粗茶で悪いが、口だけでも付けておくれ」

「有難《ありがと》うございます」

「茶を入れている間、ばあちゃんの話し相手になってくれると嬉しい。儀容様だっけ。あんたを見ると上機嫌になるから」

　こちらとしてはそれ目当てなので一向に構わないというか、有り難いことであった。何伽が茶を入れる間、香蘭は彼女の祖母の寝所に向かう。途中、祖母の名が分からぬと不便だと思った香蘭は、何伽に名前尋ねる。

「何留《かる》だよ。小洒落た名前だろう」

「素敵な名前です」

　と返すと寝所に寄り添う。静かに寝息を立てる老婦人にささやく。

「――もし、もし、お目覚めあれ、何留さん。香蘭……、いえ、儀容がまかりこしました」その言葉にわずかに反応を示す何留。薄目を開けてつぶやく。

「……儀容様？」

「左様です。儀容です」

　香蘭は自分が公主儀容である感覚はなかったが、あえて儀容を騙《かた》る。何留は老齢、もはや正常な判断力は持ち合わせていなかった。意識さえ混濁するほど老いている老女に「香蘭」と名乗っても無駄なような気がしたのだ。ある意味はそれは老女への配慮だったのだが、それは無駄に終わった。それどころか逆効果となる。

薄目をこじ開け、香蘭のことをじっと見つめる何留。彼女はその体を震わせる。

「…………」最初は儀容との再会に喜び震えているのかと思ったが、それは勘違いであった。しばし、香蘭を見据えると何留はつぶやく。

「……違う。あんたは公主様じゃない」

「……え」

思わずそうつぶやいてしまう。先日とはまるで違う対応に驚く。

「何留さん、先日はわたしのことを公主様と呼んでくれたではありませんか」

「なにを言ってるんだい。あたしは儀容様のおしめも変えていたんだよ。あんたなんかと間違えるはずがない。あんた、どこの子か知らないが、公主様を騙るなんてなんて不遜な子なんだい」

怒りを隠さない何留。いったい、どういうことなんだろう、困惑する香蘭。老女は怒りで興奮する。ちょうど、そこにやってきた何伽は「なんだい、また怒ってるのかい」と手慣れた様子で老婦人を寝かしつけると香蘭に謝った。

「すまないね。やっぱり惚けているみたいだ。あんたが公主様のわけないよね」

「……ですよね」

がっかりはしなかったが困惑はする。自分は陽家の娘ではないかもしれないが、公主でもないようだ。となればなんなのだろうか……。香蘭は深く考察するが、考えがまとまることはなかった。今一度、老女に尋ねる。

「何留さん、公主様を騙ってしまって申し訳ありませんでした。最近、自分の起源について考えさせられる出来事が続いたもので」

「…………」

「わたしなどが公主のわけがないのですが、僅かな手がかりでしたのでこのような真似をした次第。無論、もうこのような馬鹿なことはいたしませんが、ひとつだけ御願《おねが》いがあります」

「…………」

むくれる老女。ただ、孫娘である何伽が「ばあちゃん、この子はお医者様だよ。お医者様には親切にするものなんだろう」と口添えすると、渋々、「……なんだい？」と返してくれた。香蘭はほっと胸を撫《な》で下《お》ろすと、彼女に尋ねる。

「雑談で公主様には火傷の痕があると言っていましたね。……実はわたしにもあるのですが、それを見て頂けませんか？」

自分は公主ではない、そうは思っても確かめずにはいられない。実は香蘭の腹には火傷はある。幼き頃、母の不注意で負ったものらしいが。それは特別な形をしていた。世間様ではなかなか見られない形だ。公主様にも同じ箇所に火傷があるらしいから、それを確認してもらいたかった。──もしも形まで一致したら、香蘭が公主である可能性は深まることになるが。それが嬉しいことだか、悲しいことだかまでは分からないが、すっきりすることは確かだ。香蘭は早く自分の起源を知りたかった。

香蘭はするすると帯を取ると着物をはだける。何留は香蘭の腹をじいっと凝視する。老女はしばし香蘭の腹の火傷を見つめると、ここではないどこかに意識を飛ばしながら、火傷について話した。

「──儀容様は蝶々《ちょうちょう》のように愛らしい公主様だった。ひらひらと舞うように庭園を散策される。誠に愛らしい娘だった。そんな少女が腹に火傷を負ったのはとある女官の不注意だった。ほんの少し、ほんの僅かな間だけ目を離してしまった。好奇心旺盛な儀容様は火鉢に近づいてしまって」

当時に戻ったかのように話を続ける何留。香蘭の火傷と儀容の火傷を重ねていることは明白であった。つまりそれはふたりの火傷が同じということだろうか。それは香蘭ではなく、孫の何伽が尋ねる。

「それではばあちゃん、香蘭と儀容様の火傷は同じなのかい？　結局、ふたりは同一人物なのかい？」

核心を突く問い。何留は孫の顔をまっすぐに見つめると「そうだね、同じ火傷をしているね」と続けた。

「それじゃあ、やっぱり香蘭は公主様なんだ」

何伽は驚きの声を上げるが、彼女の祖母はゆっくりと首を横に振る。

「同じ火傷を持っているね。でも、この子は公主様じゃないよ」

「なにをいってるのさ。こんな変わった形の火傷を持ってる娘なんてそうそういないだろう」

その通りである。〝火鉢〟の端を押し当てたような火傷はそうそう見かけない。人の火傷をよく見る香蘭でさえ自分以外に見たことがなかった。しかし、老女はそれでも首を横に振る。

「この子は公主様じゃないよ」

身体は僅かに震え、口調も震えていたが、それでも悠然と言い放つ。

「根拠はあるのですか？」

香蘭が確かめるように言うと、老女は信念を込めてこう言い返した。

「何年、公主様にお仕えしたと思っているんだい」

それに、と彼女は続ける。

「……公主様は亡くなったんだ。暗殺されてしまったんだよ」

ぽつりと寂しげな歴史《しんじつ》が彼女の口から漏れ出た。

老母の顔を見る。その顔には幾重にも年輪が刻まれていた。その皺は彼女が後宮で過ごしてきた年月と比例するような気がした。

香蘭は何伽の家を辞す。

何伽はもう少し話していけばいいのに、と止める。粗末だけど夕食も用意してあると気を利かせてくれるが、自分が公主ではないと分かった以上、長居をする理由はなかった。「それじゃあ、送るよ」という言葉も気持ちだけもらうと、そのまま彼女の家をあとにする。一番確度の高い情報を持っていた老女に否定された香蘭は少し落ち込むが、自分の起源を探す旅は始まったばかりだ。白蓮曰く「大いなる旅は一生を懸けておこなうもの」と言っていた。一朝一夕ではっきりすることはないのかもしれない、そのように自分を慰める。

香蘭は少し寂しげにうらびれた道を歩く。通常、婦女子が歩いていい場所ではなかったが、香蘭は白蓮診療所の見習い医、この辺では一目置かれる存在だった。ゆえになんの問題もないはずであった。――はずであったが、一歩路地裏に入ると周囲に人の影を感じた。先ほどから誰かに尾行をされていたのだ。

「……このようなことをする娘だとは思わなかったのだが」

それが香蘭の胸の中に湧いた率直な感想だった。香蘭は誰が尾行しているか分かっていたのである。香蘭を尾行するものなど限られていたし、なにより彼女の尾行はとても稚拙だった。何家を出てから終始、兎《うさぎ》を狙うような視線を隠そうともしていなかった。

香蘭は大きな溜め息をつくと尾行者の名を呼んだ。

「何伽殿、なにか御用ですか」

その言葉を聞いた瞬間、何伽は物陰から姿を現した。

「なんだ、香蘭、気がついていたのかい」

「何伽殿の尾行は下手ですから」

「そうかねえ、女間諜になったつもりだったのだけど」

それはないと断言できたが、何伽がほしいのはそんな返答ではなさそうだ。おそらく、彼女がほしいのは全面的な降伏の態度。何伽の後ろから黒装束の男たちが現れる。先日の悪漢どもではない。明らかに玄人の気配を感じさせる。

「あなた方は暗殺や誘拐などを生業《なりわい》とする方々ですね」

「ほう、よくわかったな、小娘」

黒装束の男が口元を歪ませながら答える。

「先日、あなた方のようなことを生業とする人たちと一悶着《ひともんちゃく》ありまして」

「帰狼《きろう》の一族のことだな」

「ご存知でしたか」

「ああ、呂豪などに与《くみ》するから滅んだのだ。主を見る目がない」

「あなた方はあると？」

「勿論だとも。我々は身分卑しいものには与しない。未来の皇帝に仕えている」

「その物言いからすると裏で蠢動《しゅんどう》しているのは東宮様の弟君の劉盃様ですか」

香蘭の推理に男は感心する。

「ただの小娘かと思ったが、凄いではないか、極小の情報からよくぞそこまで」

「簡単なことです。わたしを狙って得をするもの。暗殺者を雇えるもの。反皇太子派。呂豪の残党ではない。それらをひとつひとつ考察すれば犯人は自《おの》ずと絞れる」

「そこまで頭がいいのならば、これからどうなるか、分かるな」

「わたしを殺す？」

「まさか、公主たるものを殺しはしない」

「なるほど、わたしを政治の駒にするのか」

「それは劉盃様が決めること」

「決める必要などない。わたしは公主様ではないのだから」

「今さらそんな弁明など通じぬ。何留の孫娘がおまえが公主だと言っていたぞ」

何伽を見る。彼女は軽く手を振ると、

「ばあちゃんの最初の顔、演技とは思えなくてね。あたいはまだあんたのことを公主様だと思ってるよ」と言った。

香蘭を初めてみたときのあの態度にただならぬものを感じた何伽は、香蘭を公主だと断定したようだ。そして馴染《なじ》みの客に皇室に使える暗部のものがいると思い出し、香蘭を差し出そうと思いついたようで——、悪びれずに事情を話してくれる。

「悪いね。ばあちゃんにはもっと楽をさせてやりたいし、いつまでもこんな生活をしていたくないいんだよ」

「その気持ち、お察しします」

「じゃあ、潔く捕まってくれるかい？　あんたは公主様なんだから悪い目には遭わないはずだよ」

「それとこれとは話が違う」

何伽の立場には同情もするし、その行動も理解はできる。祖母孝行がしたい一心なのだ。しかし、だからといって黙って売られるつもりはなかった。

「自分が公主だとはいまだに思えない。仮に公主だとしても黙って捕まる気にもなれない」

その結論に暗殺者は高笑いを上げる。

「自分に選択肢があると思っているのか。なにもできない小娘が」

「小娘の部分には同意です。しかし、なにもできなくはない」

なにかと悪漢に絡まれることの多い香蘭、そのたびに奇跡的に誰かに助けてもらっていたが、いい加減、学習する。荒事にも慣れる。他人に頼ってばかりもいられないと気がつく。毎度、白蓮が駆けつけてくれることはないのだ。ならばどうするか、「日頃から有事に備える」それが香蘭が用意した答えだった。

幸いと香蘭は医薬品を詰めた道具箱を持ち歩いている。その中には短刀など身を守るのに便利なものがあったが、刃物は使用しない。刃物は人を切るものではなく、人を助けるためにあるという信条があるからだ。それに香蘭は運動が苦手だった。どんなに切れ味鋭い短刀を持っていようが、使いこなせるわけがない。そうなれば護身道具となるものは自然と限られていた。道具箱から球体のものを取り出し、それを黒装束の男の顔に投げつける。球状の物体は容易に割れ、男の顔に広がる。

「うわ、なんだこれは」

のたうち回る男。球状の物体の中には酸性の薬品を入れてある。これを喰らったものはしばらく視力を失う。失明する心配はないが、丸一日は戦闘力を奪うことが出来た。開幕一番でひとり潰すと、香蘭は動揺している黒装束の集団の足下目がけ、もうひとつの玉を投げつける。石灰と水が合わさると熱が発生する。さらにその熱を利用して煙を起こすように仕掛けをしてある。白蓮仕込みの便利な道具であった。

「意地の悪い師だが、科学的な知識は素晴らしい」

そのように失礼な発言を残すと、黒装束の集団と何伽の横をすり抜ける。行きがけの駄賃代わりに咳《せ》き込《こ》む何伽の顔の前ににゅうっと顔を出す。「ひぃッ」とのけぞる何伽。香蘭は気にせず彼女に心意を伝える。

「わたしはあなたがわたしを売ったことを咎《とが》めるつもりはありません。わたしがあなたと同じ状況にいたのならば同じことをするかもしれないからです」

「…………」

沈黙する何伽。彼女は根っからの悪人ではない。過酷な生活を送っているさなか、〝たまたま〟大金を手にする機会が巡ってきてしまった普通の女性でしかない。香蘭は申し訳なさそうに目を背ける何伽の手に薬を握らせる。道具箱から取り出したそれは「リウマチ」の薬だった。先ほど、数日分を渡したが、残りの分もすべて渡す。

「白蓮殿が煎じたものです。おばあさまの痛みも多少緩和されましょう」

何伽は恥を知っている娘、もはや診療所に顔は出せないだろう。だから道具箱にあるだけの薬をすべて渡すと、香蘭はそのまま煙を突っ切った。

何伽はその様子を黙って見つめていた。


診療所に戻った香蘭、何事もなかったかのように振る舞おうと思ったが、東宮の弟と敵対していることは伝えるべきだと思った。白蓮と東宮は友人であるし、弟一派との対立は診療所にも影を差す可能性があったからだ。

香蘭は包み隠さずに白蓮に話す。彼は特に気にした様子もなく、

「まあ、あいつとの付き合いを再開したときから覚悟していたよ」

というだけで済ませてくれた。それどころか、香蘭の身を案じてくれる。落ち着くまで陸晋少年に送り迎えをさせると言う。こういうところは大人物の気風があった。

「それでは診療所の経営に差し障りが出ます。父上に頼んで送り迎えの馬車を用意してもらいます」

「それがいいだろう。東宮の弟とはいえ、往来で馬車を襲うほど愚かとは思えない」

「しかしそれにしても困りました。わたしが公主ならばまだしも公主と勘違いされた上で襲われるのですから」

「それなのだが、おまえは本当に公主ではないのか？」

「何留さんはそのように言っていました」

「惚け老人の言だが」

「惚けてはおりますが、誠実な方です。正気を取り戻しているときの彼女は嘘をつかない。そしてわたしと話しているときは正気でした」

「そうなるとおまえを嫁にして出世する道は絶たれたか」

尖り気味のあごに手を添え、「ふうむ」と唸るが、これは香蘭をからかっているに過

ぎない。嫁とか結婚とかを話題にすれば香蘭の顔が赤くなることを知っているのだ。なので無視をする。白蓮もこれ以上、冗談を広げる気はないようで、本筋に戻る。

「こうなると公主ではないおまえの出自をたどりながら、劉盃一派におまえをさらっても何の得にもならないことを伝えなければいけないのか。面倒だな」

「同意です」

「しかしやらねばなるまい」

渋々といったていで熟考を始める白蓮、師の思考の邪魔をしないようにそっと席を立つ香蘭。病棟に向かう。白蓮診療所には常に入院患者がおり、容態を気にしなければいけない患者も多い。それに師を煩わせたくなかったし、今の香蘭は医療を施していると落ち着いた。順番に患者を確かめる。物思いにふけりながら患者を診察していたからだろうか、途中、患者のほうから声を掛けられる。

「香蘭先生、どうしたんだい。気落ちしているように見えるが」

「そのようなことはありません」

嘘であるが、病気で苦しむ患者に心配をされては本末転倒であった。しかし、目の前の患者、枯れ木のような老人は長い人生を歩んできただけあり、人の心を忖度するのが上手かった。香蘭が悩んでいることなど、お見通しのようだ。

「なにがあったたか、言いたくなければ言わないでもいいが、人生の先達として一言。若い頃は何気ないことで悩むものだが、歳を取って振り返ってみれば――」

「振り返ってみれば？」

「やっぱり大したことだったりする」

精神的によろけてしまう。

「やはり人生には大事しかない、ということだな。明日、朝餉《あさげ》を作るのも。いつもより半刻早く眠るのも。夜中に厠《かわや》に向かう途中、女房が浮気しているのを目撃するのも。すべて大事だ」

「実話なのですか？」

「はての。死んだ女房の名誉にも関わるから、作り話ということにしておこうか。しかし、わしはそのとき大いに悩んだ。妻の不貞に怒ったり、自分のふがいなさを情けなく思ったり、百面相をしたものだ。結局、わしは見て見ぬ振りという選択肢を選んだが、そのことは後悔していない」

「なぜですか？　あなたを裏切ったのに」

「出来心というのは誰にでもある。魔が差すこともな。その後、女房は間男を連れ込むことはなかったし、子宝にも恵まれた。今では憶《おぼ》えきれないほどの孫にも囲まれている」

「幸せな人生でしたか？」

「そうだな。幸せと言っていいだろう」

懐かしげに人生を振り返る老人、しばし沈黙すると首を振りながら反語を漏らす。

「いや、幸せだった。断言してもいい。人生山もあり、谷もあるが、だからこそ面白かった」

「いつか老人になったとき、わたしもあなたと同じような心境にたどり着けるでしょうか?」

「たどり着けるさ。人間は単純な生き物。生まれや過程は千差万別だが、最後だけは一緒だ。人間、皆死ぬ。そのときに皆、人生を振り返るが、ここまで生きれば大抵、悪い人生ではなかった、と締めくくるものさ。一番可哀想なのは道半ばに死んでしまったもの。あるいは生まれることさえできなかったものだ」

「生まれることさえできない……」

意図した言葉ではないだろうが、香蘭の心に響いた。もしも、もしもである。香蘭に生を授けた人物が香蘭を望まなければそのまま闇に葬り去ることもできたはず。あるいは父と母が香蘭を育てなければ今、香蘭はこのように思い悩むこともできない。それを思えば今、香蘭が悩んでいることなど悩みではないのかもしれない。大事ではあるが、長い人生においては意味を成さないことなのかもしれない。そう思った香蘭は急に気が楽になった。

そんな結論に達した香蘭は老人に礼を言うと、その場を辞した。白蓮に改めて頼み事をしようと思ったのだ。

白蓮のもとへ戻ると深々と頭を下げた。

「なんだ、それは」

「御願いがあるのです」

「給金の前借りはお断りだ」

「そのようなことではありません」

「分かっているさ。ＤＮＡ鑑定をしたいのだろう。しかし、この世界ではＤＮＡ鑑定はできないと伝えたはずだが」

「この世界ではできなくても、白蓮殿ならばできるはず」

「なぜ、そう思う？」

「白蓮殿の腕を信じているからです。それに先日、この話をしたとき白蓮殿はできないとは言わなかった。この世界にはその術がないとしか言わなかった。つまり、白蓮殿の世界にあった技術を使えるのではないか、と推察しました」

「なかなかに勘が鋭いな。その通りだ。一回分だけ、検査キットを残してある。将来、皇位継承問題が起こったときの秘策にしようと思っていた」

「それをわたしに使って頂けませんか？」

「おまえの起源を探るのは国事よりも大事なのか？」

「……それを言われると立つ瀬がありません」

本気で肩を落としたためだろうか、白蓮は珍しく補足する。

「冗談だよ。すでにおまえの出生は国事になっている。劉盃が参入してきたからな。それに劉淵が言っていた。おまえはすでになくてはならない存在だそうな」

「東宮様が？」

「ああ、おまえのお陰で風邪を引くことも少なくなったそうな。たとえ引いてもすぐに治してくれるとも。おかげで政務に集中できると褒めていたぞ」

「白蓮殿に教わった手法を伝えただけです」

「あの意固地な東宮を従わせるのがすごいのだ。俺にはできなかったことだ」

そう言うと白蓮が改めて香蘭の全身を眺める。

「おまえは不思議な娘だ。あらゆる階層の人間を虜にする。どのような人物にも愛される。不思議な人徳がある。乞食も、貧民も、大夫も、皇族でさえ心を許してしまう」

「……自分のそのような力があるかは分かりませんが、どのような人であれ救える術を学びたいと思っています。だから今回の騒動にけりを付けたい。協力御願いします」

香蘭は再び深々と頭を下げた。白蓮は軽くうなずくと騒動解決に向けて動き出してくれた。

この世界にたったひとつだけ存在するDNAキットを使用するということになった。自分から使ってくれと言っておいてなんであるが、改めて使う段になると尻込みをしてしまうのは香蘭が小市民である証拠だった。そんな香蘭を面白おかしく眺めながら白蓮は補足してくれる。

「安心しろ。この世界にひとつしかないが、どのみち使用しなければならないものだ」

「お心遣い嬉しいです。なんと弟子思いなお師匠様でしょうか」

「俺が弟子にそんな気持ちを持つか。本当に使用期限が迫っているんだよ。劉淵の嫁が間男でも作ったときに使用しようと思っていたが、今上帝は思いの外長生きだから使い道が限られていた。いい頃合いだ」

「…………」

気を遣ってくれた言葉でもあるようだが、真実でもあるようだ。それを証拠に検査キットの使用料を大幅に負けてくれた。

「弟子だから負けろとはいいませんが、もう少しなんとかならないのですか」

「無理だね。ただ月賦《ローン》にしてやるからキビキビ働いて返せよ」

「…………」

沈黙してしまったのは師の守銭奴ぶりを改めて確認したからだが、これ以上、抗議をしても無駄であろう。幸いなことに家が傾くほどではないから、律儀に働いて返すことにする。

「それではさっそくそのＤＮＡ鑑定というものをしてください」

「あいわかった。それではおまえとおまえの両親、それと姉の髪の毛を持ってこい」

「家族の分もいるんですか？」

「ＤＮＡ鑑定は魔法じゃない。当事者たちの遺伝子情報がいるんだよ」

「なるほど。……分かりました」

家族の髪の毛を収集するのは手間ではない。家に帰って貰ってくればいいだけだ。手間を惜しむ必要などなかった。問題なのは——、

「当事者ということは皇帝陛下の髪の毛も必要なのではないでしょうか」

「その通りだ」

「畏れ多くも天子様の髪の毛を得るにはどうすればいいのでしょうか」

「最近、薄くなってきたようだし、素直にくれといえば手討ちだろうな」

この国ではいまだ呪《まじな》いを信じているものもいる。皇帝の髪など所望すればあらぬ疑いを受けることは必定であった。

「しかし、幸いなことに俺は東宮の悪友。おまえは腐れ縁、髪の入手法などいくらでも

ある。例えば皇帝の女官に袖の下を渡して、髪を入手するとか」

「なるほど、考えもしませんでした。さすがは白蓮殿」

「褒められたと思っておこう」

「褒めているのですよ。やり口はともかく、機智に富んでいる」

「………………」

白蓮は珍しく押し黙ると、陸晋少年を呼ぶ。馬車を呼ぶように手配した。先ほども述べた通り香蘭の身を心配してくれているのだろう。有り難い配慮を受け取り、馬車に乗り込むが、香蘭は後悔することになる……。

馬車は何事もなく到着するが、家に帰ると家人たちが騒然としていることに気が付く。特に女中の順穂の取り乱し様は著しく、厭な予感を覚えた。

「順穂、なにを慌てているのだ」

「こ、香蘭お嬢様」

香蘭を見つけた順穂は泣きすがるように香蘭に訴える。

「春麗様が。春麗様が何者かに連れ去られてしまったのです」

「な、姉上が⁉」

香蘭の頭の中は真っ白になるが、「いったい誰が」とは続けなかった。犯人の心当たりなどありすぎだ。香蘭はすぐさま父のもとへ向かうと頭を下げた。

「姉上をさらったのは東宮様の弟君とその一派です。すべてわたしのせいです」

その言葉を聞いた父は怒るでもなく、呆れるでもなかった。ただ、黙って香蘭にすべてを託してくれた。

「東宮様と関わりを持てば、いや、宮廷に出仕するようになればこういう日が訪れることは分かっていた。おまえが姉をぞんざいに扱うなど有り得ない。すべて任せる」

そう言ってくれた。父の度量、大きさを改めて噛みしめる香蘭。父を失望させないためには姉を無事取り返し、この騒動に終止符を打つのが最善と思われた。

香蘭は姉をさらったものたちから連絡があった場合、香蘭を交渉の窓口にする旨を伝えてくれるように頼む。香蘭はそのまま乗ってきた馬車に戻ると白蓮診療所に向かった。姉を取り戻すまで家に帰るつもりはなかった。


白蓮診療所に戻ったのは家族にこれ以上迷惑を掛けないためであるが、それと同時に決意表明でもあった。また、白蓮という明晰《めいせき》な頭脳を持つ神医の知恵を借りるためでもある。

白蓮はこの期に及んでそれを出し惜しみしたりすることはなかった。即座に対応策を考えてくれる。

「主導権は今のところやつらにある。やつらが交渉を持ち掛けてくるまでなにもできないな」

「東宮様を通じてわたしは公主ではないと伝えればいいのではないでしょうか」

「やあ、弟よ。おまえは公主ではない俺の見習い医の姉を捕まえて、卑怯《ひきょう》にも交渉しようとしているが、おまえはなんて間抜けなんだ、とでも言ってもらうか？」

「……やめておきましょう。激怒される」

「その通りだ。劉歪は無能なくせに自尊心だけは一人前。激発され姉を殺されるか、あるいは〝なにもなかった〟ことにするため、証拠を抹消されるか。どちらにしろおまえの姉の命はなくなる」

「それだけは避けたい」

即答すると代案を述べる。

「敵が交渉してきたら、身柄の交換を申し出ましょう。わたしの目標は姉の安全の確保です」

「もしもおまえが公主ではないとばれたら、即首を切られるぞ」

「承知の上。しばらく公主の振りをして時間を稼ぎましょう」

「悪い手ではないな。その間、俺と東宮が動いてなんとかするか」

「なんとかとは？」

「裏でおまえを救出しつつ、すべてが上手く行ったら、おまえが公主ではないことを劉盃に伝える」

「信じてくれるでしょうか……」

「信じさせるまでさ。ＤＮＡ検査を使う。頼んでいた髪は持ってきたか？」

「ここに――」

布に包んでいた家族の頭髪を渡すが、疑問も添える。

「これはわたしが公主ではない、という証拠になりますが、決め手にはならないのではないでしょうか」

「そうだな。ＤＮＡがなんであるか、阿呆の劉盃に理解させるには数百年は必要だろう。ただ、〝本物〟の公主が別にいたら話は変わるだろう」

「本物の公主？」

「ああ、実は大昔から岳配が探していたんだ。目星は付けていたそうだが、確証がなかった。その人物のＤＮＡ鑑定も同時に行う。それでそのものが公主だと判明したら、世間にそれを公表、東宮が確保する。さすればすべてが丸く収まる――はず」

はずというのは机上の空論であるという認識があるのだろう。白蓮は謀略戦に長けている、未来を見通す力もある。ゆえに不確かなことは言わない男だった。だからそのことを責めるつもりはない。香蘭は以前、教えてもらった言葉を使う。

「ケセラセラです」

「……………」

「この策が失敗してもわたしは恨むことはありません。ただ、姉だけは是が非でも救ってください。それだけは約束して頂けますか？」

「――分かった」

短くも力強い言葉を発してくれる白蓮、彼はよく人を茶化すが、人を欺くことはない男であった。その言葉は信頼に値する。香蘭は師に感謝すると劉盃一派からの接触を待った。

眠れぬ香蘭が当直を買って出ると、明け方、玄関付近に気配を感じた。ことり、と投書箱になにかを入れる音が鳴り響いたのだ。この瞬間を待っていた香蘭は即座に白蓮を起こすと投書箱を開けた。そこにあったのは黒い書簡だった。

「安っぽい演出だ」

と言い捨て、白蓮は黒い書簡を読み始める。香蘭は師の目の動きを食い入るように追う。その熱気に白蓮は苦笑いを漏らしながら言った。

「どうやら劉盃一派はこちらの思惑に乗ってくれたようだな」

「有り難い。姉上はいつ返してくれるのです？」

「おまえが単身で指定した場所にやってくれれば解放してくれるそうだ」

「ならばさっそく」

速攻で診療所を出ようとする香蘭を諫める。

「おまえは阿呆の子か。なんの策もなく虎口に飛び込むな」

「しかし、策といっても姉は敵の手の内、わたしが乗り込むしか方法はないでしょう」

「それは分かっているさ。しかし、小細工を弄する余地はある」

白蓮はそう断言すると陸晋少年を使いに出した。なにか策があるようだが、策の内容は教えてくれない。

「教えて頂かなければ動きようがないのですが」

香蘭はしつこく尋ねるが、白蓮は、「阿呆の子には教えてやらない」の一点張りであった。

「おまえは馬鹿正直だからな。作戦の内容を知れば必ず顔に出る」

「むむう」

反論できない。ここは師の意見に素直に従っておくべきだろう。陸晋少年が帰ってくるとそのまま三人で指定の場所に向かった。

指定の場所、南都郊外の原っぱには先日の一味が待ち構えていた。黒装束の男たちだ。やつらは得意げに笑いながら言う。

「先日は酢玉に煙り玉、馳走《ちそう》になったな」

「いえいえ、気になさらずに」

「そういうわけにはいかない。劉盃様がおまえには手を出すなと命令している内は賓客《ひんきゃく》として遇するが、その命令が解除されたら、思い知らせてやる」

黒衣の男は凄むが、あまり怖くない。自分にはこの白蓮が付いているという事実はとても頼もしいのだ。ただその白蓮はとんでもないことを言うが。

「そいつは俺の弟子だ。生意気だから唐辛子玉でもなんでもねじ込んでくれて構わないが、そいつが公主であることも忘れるな。なにかあればおまえの首。いや、一族郎党の首が河原で晒されるぞ」

「…………」

その光景がありありと浮かんだのだろう。黒装束の男たちは神妙にすると、そのまま香蘭を馬車に押し込んだ。白蓮にはこう言う。

「分かっているとは思うが、尾行などするなよ。この娘は公主であるが、だからといって不死ではない」

「知っている。そちらこそ約束を果たせよ」

「……分かっている」

一瞬、間があったのが気になるが、香蘭はそのまま馬車で連れられて行った。

白蓮はその姿を不動の姿勢で見守ると、こう独り言をつぶやく。

「尾行などしないさ。〝俺〟はな」

白蓮は馬車の下に潜り込んだ陸晋に心の中で言葉を掛けると次の手を打つため、東宮のもとへ向かった。


馬車に揺られること数刻、南都からさらに離れると郊外の小さな宿場町に到着する。寂れた宿場町だ。からっ風が吹きすさんでいるし、建物は皆、今にも崩れ落ちそうだった。

「ここは数年前まで街道が通っていたんだが、新しく街道ができて寂れちまった街だ。もはや人は住んでいない」

「悪党の隠れ場所にぴったりということか」

「そうだ。泣き叫んでも誰もこない」

「それは恐ろしい。ところで姉はいつ解放してくれる？」

「解放？　なんのことだ？」

「わたしがやってくれれば姉は解放すると言っただろう」

「ああ、言った。一昨日の頭目は、だが」

「今日の頭目は違う、か」

「その通り。移ろいやすい方でな。がはは」

豪快に笑うが、こちらとしては面白くともなんともない。

「劉盃殿は他者との約束を破っても平気なお方なのか」

「その通りだが、そんなことも知らぬのか？」

平然と言い放つ黒装束の男。主も主ならばその家来もろくでもない人物であった。香蘭は縄で束縛されると捨《す》て台詞《ぜりふ》を吐く。

「嘆かわしいことだ。劉盃様が皇帝にならないことを切に願う」

その願いが通じるかは分からないが、香蘭は木材で作った牢《ろう》に押し込められた。最悪であるが、同じ牢に姉がいることだけが唯一の救いだった。


姉は香蘭に寄り添うと香蘭の頭を抱きしめる。

「……可哀想な香蘭、私のせいでこんな目に遭って」

「……姉上のせいではありません。劉盃様が誤解をされているのです。もうしばらくしたら白蓮殿と東宮様がそれを解いてくれます。それまで辛抱してください」

「誤解？」

「そうです。わたしは公主などではありません」

「………………」

姉は沈黙する。その沈黙を先日の言と重ね合わせた香蘭は弁明する。

「わたしは貰い子かもしれませんが、少なくとも公主ではありません。ご安心を」

「なぜ、そのように思うの？」

「だってわたしを見てください。高貴さや気品など微塵《みじん》もない」

「そんなことはないわ。あなたは気高さに満ちあふれている」

「公主様に長年、仕えていた女官が違うと断言したのですよ」

「長年仕えていたのかもしれないけど、長年会ってもいなかった。時は人を変えるし、人の記憶をあやふやにするもの」

「かもしれません。しかしわたしが公主である可能性はないでしょう」

「確証があるの？」

「あります。あれから調べましたが、どうやら何留さんがわたしを公主と勘違いしたのには理由があるようです」

「理由？」

「はい。実はあの日、わたしが着けていた帯に理由があったのです。母上が私に着けさせた上等な帯、あれは実は公主様の帯だったのです。当時、皇帝陛下から下賜されたものだそうですが、それを見て勘違いしたのでしょう」

「帯……」

「どのような経緯で下賜されたかは疑問が残りますが、高貴さと気品とは無縁のわたしが公主様と勘違いされたのは納得の経緯です」

自嘲気味に言い放つが、それでも春麗は納得がいかないようだ。そんな姉に香蘭はにこりと伝える。

「わたしは姉上の妹です。血は繋がっていなくても。仮に公主だったとしても妹であることには変わりありません。高貴さもない気品もない公主の妹です」

破綻した論理であるが、その言葉はこの場で最も相応しいような気がした。それを証拠に先ほどから流れている沈黙が心地よいものに変わった。

「……まったく、あなたという子は」

姉はしばし沈黙すると、格子越しに空を見上げる。そこにはまん丸の満月が見えた。

「今宵《こよい》は満月かしら」

瞽から月の姿を想像した姉はそう口にする。

「そうですね。美しい月です」

「姉妹、揃《そろ》って捕まってしまったけどひとつだけ嬉しいことがあるわ」

「わたしもです」

きっと同じことを考えている、そう思った香蘭は姉の唇の動きを読んで同時に同じ言葉を発した。

「久しぶりに姉妹揃ってお月見ができたわ」

協和する姉と妹、声の質こそまったく違ったが、想《おも》いは一緒だった。それが堪《たま》らなく嬉しかった。

捕縛一日目はそのようにして過ぎ去る。白蓮はすべてが整えばすぐに助けにくると言っていたが、すべてが整うには時間が掛かるようだった。二日目になっても助けはやってこない。ただ、それは悲しいことではない。姉と一緒にいられるからだ。狭い座《ざ》敷牢《しきろう》であるが、そこは姉妹水入らずでいられる貴重な場所であった。ここ最近、物理的にも心理的にも離ればなれになっていた香蘭にとって、ある意味、天国のような環境でもあった。

ただし、三日目になると少しだけ苦情を入れたくなるが。縄で縛られている箇所がとてもむずがゆくなってきたのだ。また食事や排泄《はいせつ》の世話を盲目の姉に委ねるのも心苦しかった。そろそろ縄くらい解いてくれてもいいのではないか、そのように提案すると黒装束の男たちは相談を始めた。香蘭が小細工を弄して逃げる心配をしているのだろう。それについては安心してほしかったが、彼らを説得したのは姉の言葉だった。

「香蘭は私を助けるために虎口に飛び込むような娘です。今さら私を置いて逃げることはしないでしょう」

つまり不自由な自分を引き連れて逃げることは不可能なので、縄を解いても問題ない、と言ってくれているのだ。黒装束の男たちは劉盃の配下になるほど人を見る目はないようだが、多少の知能は有しているようで、姉の言葉を理解してくれた。

「逃げたらただじゃおかないぞ」

と念押しした上で香蘭の縄を解いてくれる。

「助かる。もしも盲腸になったら〝あまり〟痛くないように手術して差し上げよう」

と皮肉を言うと数日ぶりの自由を楽しんだ。

四日目、いまだ白蓮からの連絡はない。もとより策の内容すら知らないから、連絡がくるのかさえ確かではないが、不安になってくる頃合いだった。まったく、弟子の精神的負担などものともしない師匠であった。そのことを姉に嘆くと姉は笑った。

「酷いですよ、姉上」

「ふふふ、ごめんなさい。でも白蓮殿の悪口を言うときのあなたは活《い》き活《い》きとしているから」

「悪口でしか表現できない方なのです」

「そうかしら。信頼している証拠ではなくて?」

「まさか、そのようなことはありません」

「幼い頃から一緒にいるけどあなたは人の悪口は言わない子だった。そんなあなたがそのような軽口を叩くようになったのはいい変化に思えるわ。よほど信頼しているからこそ愚痴をこぼせるのでしょう」

「……まったくもって見当違いだと思います。姉上も白蓮殿と会えば分かりますよ」

そのように漏らすと五日目を迎える。そろそろ助けが来てもいい頃合いだし、劉盃に動きがあってもいい頃だと思った香蘭は黒装束の男に尋ねる。

「劉盃様はわたしを捕まえて政治の駒にするかと思っていたが。このような場所に閉じ込めるだけで満足なのか？」

「あの方は忙しい方なのだ。おまえの処遇はまだ決まっていない」

「たしかに忙しいだろうな。女色と狩りにふけるのに」

東宮の弟は遊び人であった。東宮御所内外に出掛けて狩りをしたり、女を抱くのに忙しい。東宮御所にいる時間のほうが短いのではないか、それが御所通いをしている香蘭の感想であったが、それは共通認識のようで黒装束の男たちも苛立っていた。

「劉盃様とはまだ連絡が取れないのか⁉」

「あの方は身勝手すぎる」

「皇帝になったら稀代《きたい》の花花天子《はなはなてんし》として名を残すぞ」

などという罵りが聞こえてくることがあった。どうやらこの一族は劉盃の人徳に惹かれて仕えているわけではないようだ。金だけの関係のように思われた。そこに付けいる隙があるのでは、と思ったが、陽家の財力を総動員してもさすがに皇族には敵わないだろう。ただし、黒装束の一族全員を買収できなくても、数人はできるはず。香蘭の師匠である白蓮は吝嗇であったが、財力がないわけではない。むしろ、この南都でも有数の金持ちなのだ。香蘭はそのことを再確認する。六日目に差し掛かろうとしたとき、黒装束のひとりが見慣れた人物であることに気が付く。彼は数人の黒装束を買収すると黒装束を受け取り、見張りに隙ができる時間を聞き出すことに成功したようだ。

白蓮は見張りがふたりになったことを確認するとひとりを蹴りで倒し、ふたり目を殴って昏倒《こんとう》させた。颯爽と助けにきてくれた師匠に文句を言う。

「白蓮殿、遅すぎます」

「わざわざ助けにきてその台詞か。もっとゆっくりくればよかった」

「わたしはともかく、姉にこの暮らしは堪えられません」

見れば春麗の顔色は蒼白《そうはく》であった。姉はここ最近、調子を崩していた。過酷な環境に適応できるわけがなかった。香蘭は一刻でも早くこの状況から抜け出したかった。白蓮も姉の顔色を見て軽口を叩こうとはしなかった。即座に座敷牢の錠前を開けようとするが、それは遮られる。これまた見慣れた人物がやってきたのだ。何伽だった。貧民街の娼婦《しょうふ》である。元々、香蘭の情報を劉盃一派に売ったのは彼女であったので、ここにいても不思議はなかった。彼女は錠前の鍵を人差し指で振り回しながら言う。

「黒衣の先生、捜し物はこれかい？」

「……見張りが持っていたのは偽物か」

「その通り。そろそろ先生がくる頃合いだと思って」

白蓮は何伽から鍵を取り上げようとしたが、それはできなかった。

「おっと、それ以上、近寄ったら大声を上げるよ」

何伽の真剣な表情に息を呑む香蘭、ここまできてこれか。万事休す、香蘭は唇を噛みしめるが、せめて姉だけでも逃がしたかった。――そう思った香蘭は土下座をする。

「何伽さん、どうか御願いです。どうか姉だけでも逃がしてくれませんか？　後生ですからお願いいたします」

地に頭をこすりつけるように願う。無論、何伽が姉を逃がしてもなんの得にもならないことは知っていたが、それでも願わずにはいられなかった。姉はそれほど大切な存在なのだ。何伽と白蓮の視線が香蘭に集まるが、その視線はその隣に移動する。姉も頭を下げていたのだ。彼女は体調が悪いにも関わらず、頭を下げ哀願する。

「――いえ、私ではなく妹を助けてください。私などが生きていても世の中の役には立ちません。しかし妹はさにあらず。この子はやがてこの中原国を癒やす医者となりましょう。国のためと思ってどうかこの子を逃がしてください」

香蘭はその姿を見て感動するが、それも一瞬、姉が無事戻れなければ意味はない。香蘭はそのためにここにやってきたのだ、とより深く頭を下げた。姉もさらに頭を下げるが、そのような姿を見て何伽は「ははは」と笑う。

「げに美しきは姉妹愛だね。あたいにもあんたたちみたいな姉妹がいれば良かったのに」

一瞬の躊躇いのあと何伽は錠前を開けてくれた。香蘭と春麗、双方を逃がすと宣言する。

「……何伽さん、よろしいのですか、このようなことして」

「自分から頼んでおいてなんだい」

「そうですが。──そうだ、一緒に逃げましょう」

何伽の手を引こうとするが、それは何伽に断られる。

「駄目だよ。あたいにはやることがある」

「やること？」

「劉丕の手下どもの相手さ。酒を飲ませて全員の相手をする。その間にあんたたちは逃げな」

「何伽さん……」

「なあに気にするな。元々、そういう商売をしていたんだ。それにこれは取り引きでもあるんだ」

「取り引き？」

「ここに白蓮殿を手引きしたのはあたいだよ。白蓮殿はあたいと約束してくれたんだ。協力すれば今後、ばあちゃんの医療費をタダにするって」

白蓮殿、あなたという人は、という表情で師を見る。医は仁であるべきなのに、それを駆け引きに使うのはなにごとだ。憤る香蘭だが、何伽はそれをなだめる。

「いいとこのお嬢ちゃんには分からないだろうけど、世の中、こういうふうにできているんだよ。それにタダってのは落ち着かないものさ」

何伽はそう断言すると香蘭の背中を押す。早く逃げろということだろう。香蘭はそれでも逡巡してしまうが、結局、彼女の勧めに従うことにする。その代わりこのように約束する。

「今は姉を逃がすことが先決です。ですが、いつか必ずご恩返しします」

「期待しないで待っておくよ」

何伽はそう言うと黒装束の男たちが酒盛りをしている場所に向かった。途中、ふと振り返るが香蘭たちはもういなかった。いなくなった空間に向け、何伽は独り言のようにつぶやく。

「あのとき薬をくれたこと、とても嬉しかったよ。裏切ったあたいにくれた優しさ、一生忘れないよ」

その言葉は香蘭の耳には届くことはなかったが、香蘭の心には届いていた。

香蘭たちは宿場街の外に止めていた馬車に乗り込むと、そのまま南都に戻る。車中、揺れる車内で香蘭は白蓮に尋ねる。

「後味の良い終わりではないですが、これでわたしと姉は助かりました。礼を言います」

「ほお、礼が言えるのだな、おまえも」

「陽家の娘は礼節を弁えています」

「そうか、よかった。では今後もおまえたちが狙われる可能性があるといっても許してくれそうだ」

「……なんですそれは。本物の公主様が見つかったのではないのですか？　それを公にするため、六日も時間を稼いでいたのでしょう」

「そうだ。ＤＮＡ鑑定をした。それで岳配が目星を付けていた娘は公主ではないと判明したよ」

「な――、この期に及んで」

話が違うではないですか、そう反論しようとしたが、白蓮はそれを遮るように言う。

「安心しろ。公主ではないと判明したが、東宮は予定通りにその娘を公主だと言い張ると約束してくれた」

「そんなことが可能なんですか？」

「岳配が目を付けていたと言うことは状況証拠が積み上がっていたということだ。皇帝のお手つきになった過去があるということ。つまり、皇帝が娘だと認めれば娘となる。そして東宮は宮廷工作でそれを認めさせた」

「なるほど、これでわたしと姉上が狙われる可能性はなくなるということですね」

「そういうことだ。ただ、ひとつだけ問題がある」

「問題ですか」

「ああ、ＤＮＡ鑑定によっておまえと姉の血縁は完全に否定された」

「……それはもとより諦めています。ですから気を遣わなくて結構ですよ。正直にわたしが貰い子であると言ってくださっても」

「ああ、そうだ。おまえもどうやら養子のようだな。おまえの父も祖父の養子、つまり、おまえの家族は全員、赤の他人ってことだ」

「……待ってください。その言い方、もしかして――」

香蘭は思わず姉の顔を見てしまうが、彼女は寝息を立てていた。姉は座敷牢暮らしで体調を崩していた。意識がもうろうとしているため、話は聞こえていないだろうが。

だが、白蓮はお構いなしに言う。

「そういうことだ。陽春麗もまた養子だ」
「姉上も父上と母上の子ではないのか──」

「言葉を失ってしまうが、絶句するのは早い、白蓮はそう付け加える。この期に及んでまだなにかあるというのか、香蘭は文句を言うが、その声もすぐに掻き消される。

「おまえの姉が皇帝の娘だ。その確率は九割九分九厘以上。つまり間違いなく東宮の妹ということだよ」

その衝撃の言葉は香蘭から音を奪う。馬車の音、姉の寝息、大気の流れる音、すべてが消え去った。

†

その昔、東宮の父親、つまり中原国の皇帝はとある貴妃の女官に手を付けた。その娘は最初こそ抵抗したものの、この国の最高権力者にあらがえるとは思えず、やがて身体を任せる。皇帝がその女官を気に入ったのは他の貴妃とは違ったからだ。貴妃は気位が高く、烈女が多かった。一方、その女官は庶民の出で、いい意味で所帯じみていた。飾らないその性格が皇帝には物珍しく見えたのかもしれない。ゆえにあっという間に寵姫となってやがてその身体に子を宿す。

そうなれば面白くないのはその女官の〝もと〟主人であった。自分の端女《はしため》に皇帝の寵愛を奪われた上に、皇后の座さえ奪われる可能性があったのだから。元主人は怒り狂い、後宮の中の貴妃たちに決起をうながした。つまり、よってたかって〝もと〟女官を虐めたのである。想像を絶する虐めが行われたらしいが、その内容は割愛する。結局、その女官はいじめを苦に自殺するのだが、自殺する前にひとりの女児を出産する。それが何伽の祖母、伽留が仕えた公主様だった。彼女は母を自殺に追い込まれたが、それを哀れんだある貴妃によって育てられることになったのだ。その貴妃は後宮でも有力者であり、女児を護り、すくすくと成長させたが、それも彼女が五歳になるまでであった。彼女の後見人である貴妃は流行病に罹って死んでしまったのだ。――そうなれば鎌首をもたげるのは彼女の母親を死に追いやった貴妃。彼女はねじ曲った嗜虐《しぎゃく》心を満足させるため、公主を殺そうとするが、それを救ったのが当時の内侍省東宮府長史だった。彼は公主の命を救うため、公主も流行病で死んだことにした。そしてその命を信頼できるものに託すことにした。それが陽新元、香蘭の父であった。陽新元はかつて宮廷を改革しようとした陽概統《がいとう》の息子であり、その志と能力を受け継ぐものであるとみなされていた。それに陽概統は内侍省東宮府長史の友人であった。大切な公主を託すのにこれ以上適当な人物はいないと思われたのだ。

しかし、公主様を預かることになった新元は複雑な思いだったようだ。公主様を護るため、宮廷から去らなければならなかったのだ。しかし、新元は決断する。

「公主様を護るのは臣民の勤め。このことが国を護ることに繫がる」

そう自分を慰め、下野を決めた。そのように最初は不本意であった新元であるが、不満を漏らしたのはそのときだけだった。医の道に明け暮れていた新元は公主を預かることによって、彼女を仮の娘にすることによって忠誠心以外の感情も手に入れることになる。

それは「愛」であった。幼い春麗と暮らすことによって父性すら覚えるようになったのだ。家に帰れば自分を慕う小さな命が「爸爸《パーパ》」と寄り添ってくる。抱きしめてくる。春麗のその行動は仕事にばかりかまけていた新元に温かい感情を抱かせてくれたのだ。

「私はこれから世のため人のために生きよう。ただ娘の成長を見守るために生きよう」

そう決意させるに至った。あるいは新元の父である概統はそのことを見越して公主を引き取らせたのかも知れなかった。それくらい概統は深謀遠慮の人なのだ。

そのような経緯で引き取られ、育てられることになった春麗、彼女はすくすくと成長し、やがて妹を迎えることになる。陽香蘭である。彼女もまた新元の子ではなかったが、そんなことは関係なかった。春麗は血の繫がっていない香蘭を実の妹のように可愛がった。陽概統、陽新元、その妻、春麗に香蘭、誰ひとり血は繫がっていなかったが、陽家にとってそれは瑕瑾《かきん》にもならない。彼らは本当の家族以上の絆で結ばれていた。

やがて陽概統は天命を終えるが、その関係は今に至るまで続いていた。

春麗はそう思っていた。いや、そう思いたかった。だがそれは過去形として使わなければいけない。いつしか自分の中に湧いた黒い感情に気が付く。

春麗は後宮にいた頃、対立する貴妃によって毒殺されかけた。それによって目が見えなくなったのだ。新元に引き取られたときは弱視であったが、物心つく頃にはほぼ視力を失っていた。不憫な子ゆえに両親には一際可愛がってもらっていたが、健常な妹を見ると負の感情を抱いてしまう。

「ふふふ、お姉様、一緒に庭で遊びましょう」

春麗の手を引き、元気に走り回る香蘭が羨ましくて仕方なかった。ただ、同時に好きという感情も抑えられない。自分の目となり、手足となり尽くしてくれる妹。彼女が毎日のように話してくれる梅の木の話は春麗の心を慰撫《いぶ》してくれた。

そのように複雑な感情を抱きながら成長した春麗。やがて妹も大人になると独り立ちをすることになる。白蓮なる医者のもとへ修行するようになったのだ。

父曰く、「およそ医者として理想的な技術を習得している」と評す医者のもとへ修行に行く香蘭。春麗としてはわざわざ外で修行などせずに父のもとにいればいいのに、と思った。香蘭を手放したくない感情があったのだろう。愛情から漏れ出た感情であったが、やがてその感情が〝嫉妬〟であると気が付く春麗。

自由に外の世界に出る香蘭、宮廷に出仕して東宮に仕える香蘭、医の道を探求する香蘭、そのどれもが羨ましかった。すべて自分にはないものだったから。だが、決め手となったのはやはり〝白蓮〟であった。時折、己の師である白蓮のことを話す香蘭。多くは愚痴であるが、それは愚痴の形を借りたのろけであった。香蘭の口から語られる白蓮は尊敬に値する立派な偉丈夫のように聞こえた。妹の声は恋を知った女子の響きがあった。

人を愛したことがない。人に愛されたことがない春麗にとってそれはとても羨ましいことであった。だから春麗は嫉妬を行動で表してしまったのかもしれない。前日、春麗は東宮の弟である劉盃に手紙を送った。内容は自分の妹が公主であること。その妹を捕まえるのには姉を利用するのが一番なこと。そんな内容の手紙を書いてしまったのだ。

その手紙を劉盃に送った数日後、彼の部下はやってきた。春麗を捕まえると、自分を人質とし、香蘭を捕まえさせた。さすれば香蘭は劉盃にさらわれる。正式な公主となり、好きでもない男のもとへ嫁がされる。それは春麗にとって僅かな抵抗だった。自由闊達に生きる妹への報復であった。

春麗の策は上手くはまり、すべてが上手く行くはずであったが、春麗は土壇場で知ってしまった。策を実行しているときの自分の顔が醜く歪んでいることを。妹を深く愛していることも。だから春麗は途中で怖くなった。妹を売るのが。妹が妹でなくなるのが。だから春麗はあのとき、頭を下げた。深く頭を下げ、妹を逃がすように何伽に頼み込んだのだ。あのときの土下座は飾りではなかった。本気で妹を救いたかったのだ。今、病から回復した春麗はそのことを心から実感していたが、だからといって罪悪感から解き放たれることはなかった。いや、むしろあのときに二律背反の行動は深く春麗の心を傷つけた。だから春麗は再び手紙を書く。今度は真実のみを記載する。前回は自分の妹を売る恥知らずな手紙であったが、今回は贖罪《しょくざい》の手紙であった。いや、罪悪感から逃れるという意味では前回よりも恥を知らぬ手紙かもしれない。しかし、だからといって他に方法は思い浮かばなかった。

春麗は劉歪に再び手紙を書く。自分こそが本当の公主であること。その証拠として帯を添えると、それを使用人に託した。彼女は無言でそれを宮廷に持っていった。

偽の公主が見つかったことにする、白蓮はそう言っていたが、ふとした瞬間にこの帯の存在が耳に入るかもしれない。さすれば香蘭はまた窮地に立たされるかもしれない。そうならないようにするためには〝事実〟を公にしたほうがいいのだ。

それが姉が妹にできる贖罪であった。

†

白蓮診療所でいつものように働いていると、香蘭に東宮の使いがやってくる。なにごとかと身構えていると、東宮の使いは真実のみを伝えて立ち去っていった。

その報告を聞いたとき、香蘭の視界は暗転する。香蘭は姉が劉盃のもとへ向かったことを人伝《ひとづて》で聞くことになったのだ。しばし呆然としていると白蓮が香蘭の肩に手を置く。

「仕方ない。おまえの姉が選んだ道だ」

「――仕方ない？」

その他人事のような物言いに香蘭は腹を立てる。

「俺とおまえは他人だ。他人事になるのは仕方ないだろう」

「他人ならばもう少し言い方に気をつけてください。わたしは愛する姉を失ったのですよ」

「死んだわけじゃない。元いた場所に戻るだけだ」

「あのような魔窟が姉の生きる場所ではない」

「ならばおまえが救ってやれ」

「どうやって⁉　わたしは一介の見習いですよ。東宮の弟とどうやって渡り合うのです。

どうやって姉を取り戻すというのです」

「それはおまえが考えろ」

白蓮は冷たく言い放つが、その右手が震えていることに気が付いた。爪が深く手のひらに突き刺さっているのが見えた。彼も悔しいのだ。ことが上手く行かなかったことが。弟子の姉が遠くに行ってしまうことが。それを理解した香蘭は怒りを収めると師に尋ねた。

「わたしは姉を救いたい。なにとぞ、ご協力を」

「東宮には掛け合う。他、あらゆるコネを総動員してやる。しかし、問題は我々にあるのではない」

「…………」

「問題の根源は、おまえの姉の心の弱さ。それを改善しない限り、同じことが繰り返されるだろう」

「姉は心が弱いのではないのです。ただ、人よりも〝見えすぎて〟しまうだけ。目が不自由な分、心の目が人よりも見えすぎてしまうのです」

「だろうな。だから誰よりも先に本質を理解してしまう。妹の生き方がまぶしく見えてしまう。あるいは見えすぎるゆえに〝おまえたち〟の愛が近すぎるのかもしれない」

「近すぎる……」

「そうだ。自分に必要なもの。自分のそばにあるものがあの娘には見えないのだ。人間、大きすぎるものは知覚できない。でもたしかにそこにある」

「姉は気が付いてくれるでしょうか」

「水平線を見ても地球が丸いことに気が付かないものはいる。己の踏みしめている大地の形に思いを馳せられないものがいる。しかし、おまえの姉はそれに気が付く賢さは持っているはず」

「ならば姉に水平線を見せとうございます。この世界には愛が満ちていると伝えたいです」

「相分かった。おまえの姉に見せてやろう。真実を」

「それは姉の目を手術してくれると言うことですか」

「ああ」

「姉の目は見えるようになるんですね」

「ああ」

「姉はやっと自由を得られるんですね」

「そうだ。空の青さと深さを知ることができるだろう」

ただし――、と白蓮は続ける。

「心が曇っていては何も見えまい。おまえは姉に世界を見せなければならない。できるか？」

「……できます。いえ、やります。やらせてください」

即答する香蘭。それを頼もしく思った白蓮は、陸晋に手術の準備をするように伝える。

その間、香蘭の姉に見せる世界を、原風景を用意するように伝える。また、劉盃から姉を取り戻すのも香蘭の仕事であった。後者に関しては根回しをしてくれるらしいが。

香蘭は白蓮の手際の良さに感謝を示しながら、東宮御所へ向かった。

春麗を確保した劉盃はさっそく、彼女を御所の一角、自分の館に迎え入れた。――実質は幽閉状態で面会謝絶、東宮といえども会えない状況であった。

「劉盃のやつは今度こそ上手くやろうと必死だ。この娘こそ正統な公主と宮廷内外に喧《けん》伝《でん》中だ。時が満ちれば皇帝に上奏するだろう」

「皇帝陛下は信じられますか？」

「五分五分といったところか。確かな証拠があれば九分一分になる」

「――確かな証拠」

先日、母上に着けて貰った帯を思い出す、元女官だった何留が誤解する切っ掛けとなったものだ。あれは皇帝陛下から下賜されたということになっているが、春麗が儀容であることを証明する数少ない証拠であった。

「あれが盃の手にある限り、主導権は向こうにある」

「ならばあの帯をこの世から消し去れば姉は公主になることはないのですね」

「その通りだが、その物言い、まさか帯をどうにかするつもりか？」

「そのまさかです。今さら姉を皇室に取られたくない。姉を政治の駒になどさせたくない」

「その気持ちは分かるが、帯を取り戻すのは難しいぞ。歪のやつは小悪党で狡猾《こうかつ》だが、無能ではない。帯が生命線であることくらい理解している」

「警備が厳重と言うことですね。しかし帯と再会することができればなんの証拠も残さず帯をこの世から消してみせましょう」

「なんだと、そんなことが可能なのか？」

「可能です」

「信じられん。おまえは仙女なのか」

「いえ、ただの見習い医です。しかし神医白蓮の見習い医です。白蓮殿は常日頃から言っています。医者の別名は医学博士。医者は自然科学分野の博士でもあることを忘れるべからず」

「意味が分からない」

「科学者《サイエンティスト》たれ、ということですよ。ともかく、お任せください」

香蘭がそう断言すると機会を見計らったかのように岳配老人が現れる。

「慎重なお主がそこまで言うのならば勝算がある戦いなのだろう。ならばわしとしては協力してやるまで」

「岳配様」香蘭は深々と頭を下げると岳配の申し出に感謝する。

「ただし、機会は一度のみ。そうそう何度も作ってやれぬぞ」

「それは医療も同じ。患者に何度も手術させろなどとは言えません」

「ふふ、確かにな。どんな徳に溢れた患者でも己の腹は何度も開かせぬ」

劉淵がそのように冗談で纏めると笑いが漏れる。いい傾向だ。成功というものはこのような余裕から生まれることが多かった。


帯に触れることさえできれば証拠は隠滅できる。そのように大言壮語を放ったが、それは嘘ではなかった。ただ問題なのはどうやってそこまで近付くか、である。帯は厳重に保管されているだろうから、簡単に近付けるとは思えなかった。岳配がこのような提案をする。

「今宵、劉盃様は舞妓《まいこ》を集めて宴《うたげ》を開かれる。その隙に乗じて忍び込むのがいいだろう」

「ほとんど正面突破ですね」

「だが、他に策はない。幸いなことにおまえは歌舞の名手でもあるし、潜り込めるように手配しておいた」

「……わたしも参加するのですか」

「これがわしの作る〝機会〟じゃ」

悪びれずにそう言い放つと手を二度ほど叩く、すると女官たちが現れて香蘭の服を脱がす。岳配老人は笑いながら奥の間に移動した。香蘭は大きな溜め息をつきながら、美しい衣裳に着替えた。

岳配が用意してくれた衣裳は母が買ってくれたものよりも上質であった。さすがは内侍省東宮府長史である。衣服としては完全な舞妓で怪しまれる要素はなかったが、問題なのはそれを着ているものであった。岳配に尋ねる。

「わたしは新参ですが、目立つ立場にあります。わたしは東宮様の見習い医ですが、もしも捕まってしまったら迷惑を掛けます」

「そのときは舌を嚙んで死んでくれ」

「………………」

最初、白蓮のような軽口だと思ったが、案外、真に迫った目をしている。――それでもすぐに冗談だと付け加える。

「なるべくならば捕まらないでくれ」

「……分かりました」

と言うと女官たちが化粧を施してくれる。彼女たちは化粧の専門家、香蘭を別人のように飾り立ててくれるだろう。事実、半刻後に見せられたその姿はどこぞの令嬢という感じであった。白蓮あたりに見せたら「詐欺メイクだな」と言われそうな出来映えであった。

これならば顔を見ただけで露見することはないだろう。そんな確信を持った香蘭はさっそく宴の席に向かった。宴の席は大きな舞台がある建物で行われる。控え室に舞妓たちがいるが、どの娘も美しく着飾っていた。住む世界が違うと思ったが、今の香蘭も彼女たち側であることを思い出す。

香蘭はしばし彼女たちを観察するとそのまま劉盃の館に向かおうと思った。舞妓の格好をしているが、舞う必要などない。会場の内部に入り込めばあとはこちらのものなのだ。そう思って油断していると、劉盃の家臣と思《おぼ》しき男が入ってくる。

「急病人が出て踊りの順番を変えなければならない。誰か次の舞を踊ってくれ」

舞妓たちは顔を見合わせる。皆、厭なようだ。それもそのはず先ほどの舞妓が下手を打っていたのだ。その舞妓は太古より伝わる東宮を称えるための歌舞を披露して大変不興を買っていた。東宮の政敵である劉盃は怒色を見せ、その舞妓を下がらせている。次の舞妓は劉盃の機嫌を取ろうと演目を変えたところ、慣れぬ歌舞で躓《つまず》いてしまって怪《け》我《が》をしてしまった。もしも次、失敗をすれば三回連続となる。さすれば怒った劉盃が舞妓を手討ちにする可能性もあった。そんな中、歌舞を披露しようとするものなどいるはずもない。当然、押し付け合いとなるが、そんな中、とある置屋から派遣された舞妓たちが香蘭に気が付く。

「あれ、見慣れない顔だね。うちにあんたみたいな子いたかね」

この控え室には他の舞妓もたくさんいたが、香蘭はこの置屋所属ということになっているらしいから怪しまれて当然であった。自然と顔をうつむかせるが、露見するのは時間の問題だろう。ならばその前にこちらから虎穴に飛び込むべきであった。死中に活を見い出すのだ。

香蘭はすっと手を挙げると、劉盃に舞を披露をすることを宣言する。

それを見ていた劉盃の家臣は喜び勇むと香蘭を舞台の上に連れて行った。香蘭はそこで見事な歌舞を披露する。香蘭の特技は医療であるが、実は踊りも得意なのだ。数ヶ月前とある貴妃を救うために練習を重ねたことが奏功した。香蘭は劉盃やその取り巻きを前に踊っても問題がないほどの腕前を有するようになったのだ。いや、あの遊び人である劉盃に一目置かれるほどの腕前を誇っていた。劉淵は酒杯を持ちながら香蘭の歌舞を見届けると、酒杯から酒がこぼれ落ちるのを厭《いと》うことなく、手を叩いた。

「いや、見事、見事、天下の舞いじゃ」

上機嫌でそう言い放つ劉盃。相当、気に入ったようで香蘭に酌をするように命令をする。そこまで気に入られるのは計算外であるが、東宮の弟の命に逆らえるわけもなく、香蘭は酌をする。

「美しい女だ。今宵の伽《とぎ》をさせようか」

ぎょっとする発言をする劉盃だが、酔った上での発言であったことは明白であったので、無視をしていると彼は目を細める。

「ん……、この娘、どこかで見たことがあるぞ」

先ほどの発言よりも身を竦《すく》ませてしまう。劉盃とは交流は一切ないが、それでも面識がないわけではない。東宮を介して何度か会ったことがあるのだ。ただ、東宮の一見習い医など覚えているわけがない、と高をくくったが、彼の記憶力を嘗《な》めていたようだ。化粧越しから面影を想起させてしまったのだ。劉盃はうつむく香蘭の顔を見ようと「面を上げい」と言い放つ。顔を正面から見れば劉盃は香蘭のことを思い出すであろう。

絶対絶命の窮地であるが、香蘭はそれを〝友人〟によって救われる。奥の間からひとりの偉丈夫がやってくると劉盃の前で深々と頭を下げる。

その大男を見た劉盃は「なんだ、夏侯門か。おまえがこのような華やかな席に出てくるなど珍しいな」と言った。興味が香蘭から夏侯門に移ったようだ。それくらい珍しいことなのだろう。

「たまには劉盃様の御厚意にあずからなければ臣民としての道に外れましょう」

「そうだ、そうだ。おまえは固すぎる。酒を飲め。よし、おれが酌をしてやろう」

と香蘭から徳利《とっくり》を取り上げるとそれを注ぐ。酒は夏侯門の酒杯を半分満たすが、それ以上はこぼれ落ちなかった。劉盃は徳利を逆さにすると「なんだ、もうないのか、誰ぞ、持ってこい」と命令する。香蘭は即座に席を立ち、酒を持ってくると言い放つ。劉盃が「早くしろ」というのでその言葉に従うが、夏侯門とすれ違う瞬間、彼はこんな言葉をささやく。

「……これで借りを少しだけ返せたな」

「……有り難いことです」

「……帯はこの建物にある。見張りはいるが、酒を飲ませておいた。しばらくは起きないだろう」

「……なにからなにまで。本当に有り難い」

香蘭は深く感謝の念を送ると、そのまま帯がある部屋へと向かった。帯は中央の衣装箱の中に安置されているようだ。衣装箱を開けると件の帯と防虫剤が入っている。虫に食われぬための処置であるようだ。この帯は絹でできているのだ。

香蘭は帯を手に取ると、

「絹は蚕の吐く糸を紡いで織られるもの。つまり有機物」

と独りつぶやく。

「有機物であるからには溶かすことも可能。そもそも絹は扱いが難しい。手入れをしなければすぐに傷んで駄目になってしまう」

そんな中、十年以上大切に帯を保管してきたのは、母の配慮と陽家の女中たちの努力のたまものであったが、香蘭はそれをぶち壊す。懐から小瓶を取り出すと、その中の液体を帯に掛ける。するとどうだろう、あれほどの艶《あで》やかさを誇った絹がしおれていく。否、溶けてなくなっていく。

「絹はアルカリに弱い。強アルカリ性の液体を掛ければこのように影も形もなくなる」

香蘭はそう纏めると、懐から籠のようなものを取り出す。虫だった。それを衣装箱の中に入れる。防虫剤によってこの虫は死ぬだろうが、後日、入り口で寝ている見張りが罪に問われるのは忍びなかった。白蓮は劉盃の部下など同じ穴の狢《むじな》と切り捨てるが、香蘭はそうは思わない。そのような境地に至れることはないだろう。それが香蘭と白蓮の差であったが、今のところふたりの差違は上手い具合に作用しているようだった。香蘭はそのまま会場をあとにすると、診療所では白蓮が患者の治療をしていた。彼は香蘭が帰ってきたのを見ると「ご苦労さん」と言い放つ。そして「これですべてが整った」と続ける。白蓮は香蘭が動いている間に、裏ですべてを手回ししていてくれていたのだ。東宮と一緒に政治工作をしていた。

翌週、「公主である」という〝物的証拠〟がなくなった姉の春麗は解放される。無事、陽家へ戻れるように東宮が掛け合ってくれたのだ。

こうして姉は劉盃の魔の手から逃れることに成功したが、問題はまだ残っていた。あるいはこちらの問題のほうがより深いかもしれない。姉は陽家に戻ってきても喜ぶことはなかった。微笑むことはなかった。氷のように表情を固まらせ、食事を一切絶つようになった。日に日に痩せ細っていく姉の春麗、そんな姉を見て父は「このままでは長くないかもしれない」そんな不吉な予言を口にした。

香蘭はその意見に同意するが、だからといって無為無策でいるつもりはなかった。父に懇願する。

「父上、わたしはこれから姉上の目を手術しようと思います」

「なに？　手術だと？　目を治すのか」

「そうです」

「しかし、そんなことは不可能だ。この中原国の医道では春麗は治せない」

「それは知っています。しかしこの世界の医道ではなければ治せるかも。白蓮殿ならば治せるかもしれません。いえ、治せると信じています」

「……たしかに白蓮殿ならば、あるいは」

「これから白蓮殿を陽家に招いて手術を執り行ってもらいますが、陽家の手術室をお借し願えないでしょうか」

「いいだろう、準備させよう」

「……それと申し訳ないのですが、父上に助手を務めて頂くことは可能でしょうか。目の手術は長丁場となります。腕の確かな助手がいないと成立しないのだそうです」

「いいだろう、それも引き受けよう」

その即答に香蘭は驚く。

「父上は陽家の当主ですよ。それに七品官まで上り詰めたお方だ。そんな父上が有象無象の若者の助手をするというのですが」

「おまえがやれと言ったのだろう」

「……そうですが、引き受けてくださるとは思えなかった」

「引き受けるさ。可愛い子供のためならばどのような天魔にも頭を下げる。——少なくともおまえのお師匠様は天魔ではないだろう」

「それだけは確かです」

「ならばなにを逡巡する必要があろうか」

父、陽新元はそう断言するとやってきた白蓮と手術の打ち合わせを始めた。西洋医術の知識こそないが、父は中原国の医道の大家であった。白蓮の言葉を即座に理解している。打ち合わせの最中、白蓮はちらりと香蘭を見るが、「さすがはおまえの親父だ」と言っているような気がした。

香蘭は嬉しくなり微笑む。敬愛する父と尊敬する師の夢の協業を間近で見たい気持ちを覚えたが、そのような贅沢が許される身分ではなかった。父と白蓮が姉の〝目〟を治すのならば香蘭は〝心〟を治したかった。そのためには香蘭はとある準備をしなければいけない。そのために残された時間はごく僅かだった。

陽新元はこの国の医療の大家と呼ばれた男だった。宮廷を去り、市井で医療をする身分となったが、その腕と知識を請われ、いまだに各国から宮廷医の引き合いがくるし、教えを請う若者があとを絶たない。事実、数十人ほど弟子を取って面倒を見ているほどだ。ある意味、〝この国〟の医学を極めたという自負も持っていたのだが、それは本当にこの国だけだったようだ。白蓮という若者から聞いた手術の手法を聞いて度肝を抜かれる。

「角膜の移植、そんなことができるのか……？」

角膜とは目を構成する層状の組織のひとつである。これが濁ると視力が極端に弱まる。春麗の場合は毒によって角膜が白く変色してしまっているわけだから、それを交換すれば光を取り戻せるのは理屈の上からは正しいが……。

白蓮は新元の心配など気にする様子もなく、さも当然のように言い放つ。

「技術的には難しいことではない。ただし、拒絶反応を起こす可能性があるからそれには注意せねば」

「……拒絶反応」

「心配するな。入念に検査した。九割七分の確立で拒絶反応は起きない。しかし、おまえさんがその三分の可能性を恐れて手術を拒むのならば止めはしないが」

「まさか。この期に及んでそれは。しかし、もしも拒絶反応が起きたのならば、代わりに私の目を娘に与えてください。眼球でも角膜でもなんでも差し上げます」

白蓮は「おまえさんと春麗は赤の他人だ」という言葉を喉元で抑える。赤の他人が適合する可能性は限りなく低いのだ。しかし、それでも新元は自分の目を捧げることを厭うことはないだろう。

「私は信じております。娘、春麗の生命力を。神医白蓮殿の腕を」

「その期待には全力で応えよう。俺自身、成功を疑っていない。しかし、問題なのはその後だ」

「その後？」

「視力を取り戻すことが出来ても〝心〟までは照らしてやることはできない」

「それならばご安心を。私の娘は〝ふたり〟とも出色の出来でございます」

「香蘭がなんとかしてくれるということか」

「左様です」

白蓮は庭でなにかをしている跳ねっ返り娘に意識をやるが、すぐに切り替える。

「結局、男親が娘にできるのは綺麗な服を着せて、白い飯を喰わせるだけ。それ以上のことができるのは同じ〝女〟だけだよ」

「そうですな、あとは妻と娘に託すしかない。私は医者としての務めを果たします」

「それが賢明だ。ま、あんたは手術ができる分だけ、他の男親より気が利いているよ」

白蓮はそのような軽口を漏らすと陽新元と遺体安置場所に向かった。そこには見慣れぬ死体が一体、安置されていた。

「献体ですな。まだ若い――」

「金を払って遺族には納得してもらっている」

罪深い職業だよ、医者は。白蓮はそう纏めると、手術の準備を始めた。

準備を終えると、麻酔で眠りについた春麗が運ばれてきた。


香蘭は庭でひたすら穴を掘る。無我夢中で穴を掘る。

陽家には専属の庭師もいたが、彼の助力は得ない。これぱかりは自分でやらなければ意味がないのだ。黙々と庭の片隅を掘っていると鍬《くわ》がぽきりと折れる。

「――幸先《さいさき》が悪いな」

姉の手術が心配になるが、香蘭は慌てて首を横に振る。自分はともかく、姉は強運のはずだ。それに手術を担当しているのはあの白蓮、彼の悪運はどんな厄災も振り払うはずであった。それに父親もいる。手術に関しては心配する必要はない。問題なのは東宮様に頼んでいる〝アレ〟が手配できるか、である。

今は季節ではあるが、あれは大きい。そのままここに持ってくるのには時間と手間が掛かる。東宮様は「一国の皇太子を嘗めるな」という言葉をくれてはいたが、間に合わない可能性も考慮せねばならない。そのときはなんの策もないまま姉の心を慰撫しなければならない。自分に姉の心を癒やすことはできるだろうか……。急に不安になるが、香蘭は気にせず作業を続ける。鍬が折れてしまったので〝とある〟ものを代用して穴を掘り続けるのだ。香蘭は必死で無我夢中に掘り進める。しかし、途中、香蘭の様子を覗き見にきた使用人の順穂は驚愕する。

「お、お嬢様、なにをされているのです」

「なにをって穴を掘っているだけだが……」

「な、なぜ、指で掘っているのです。爪がはがれ落ちそう。それにお召し物も」

はがれ落ちそうではなく、はがれ落ちてしまった、なのだが、それを伝えると順穂はさらに慌てそうなので論点をずらす。

「服など洗濯すればいいさ。そのための洗濯板であり、石けんだ」

「それはそうですが」

「洗濯婦が難儀するのならばわたしが代わりに洗濯をしてもいい。白蓮診療所ではわたしがやっているのだから」

「陽家のお嬢様にそのような真似はさせられません」

順穂は強く言うと香蘭に穴掘りを止めさせようとする。どうやら右手から滴り落ちる血に気が付いてしまったようだ。男の使用人を連れてこようとするが、それはとある人物に止められる。見ればいつの間にかやってきた母、彼女は無言で順穂の肩に手を添えると、首を横に振った。止めるのは無用、と言わんばかりに母は自分の服の袖をたくし上げる。そのまま香蘭の横に並ぶと母親も穴を掘り始めた。

香蘭以上にお嬢様育ちの母親が、土いじりなど信じられない。順穂はそのような目で母を見つめるが、香蘭は分かっていた。〝娘〟である自分には伝わっていた。母は〝もうひとり〟の娘である春麗を救おうとしていることを。香蘭の馬鹿げた行為に賛同してくれていることを。

有り難いことだった。香蘭は軽く涙ぐむとそのままふたりで土を掘り続けた。

白蓮と新元の手術は順調であった。医学の知識のないものにはその凄まじさは分からぬが、長年、白蓮の助手を務める陸晋にはその凄さが分かる。まずは遺体から角膜を採取する作業、遺体ならばどのように扱っても構わない、合理的な人間ならばそのように酷薄な気持ちを覚えるものだが、白蓮はそのような感情を持っていないようだ。遺体から角膜は借りる。しかしそれ以外は一切傷を付けない。そのような態度で遺体から角膜を削り取っていた。合理主義の権化である白蓮であるが、人としての節度を弁えているのだ。陸晋は改めて感動したが、陽新元も同じように思ったようだ。

「ただの医者ではなく、仁の道にも通じるお方のようだ」

吐息を漏らすと遺体から採取した角膜を受け取った。

新元はそれを受け取ると春麗の眼を器具でこじ開ける。

「角膜の手術は繊細さを要する。手早く、大胆に行うんだ」

白蓮はそう言い放つと短刀を動かし始めた。遅れて新元は補助を始めるが、やはり技術には大きな差があった。白蓮の短刀捌きは神懸かっていたのである。

（……自分のことを中原国で一番の医者だと思っていたが、それは大いなる誤解だったようだ。明日からは二番目と自称しなければいけないな）

新元は食い入るように白蓮の手際を観察する。彼は惜しげもなく技術を披露してくれた。

数刻後——。

香蘭の母親は泥だらけの服を着替えると手術室に入った。娘の手術がどうなったか気になるのだ。母親は包帯姿の娘を痛ましく見つめながら、成否を尋ねた。

夫である陽新元は寡黙に頷き、白蓮は自慢げに言い放つ。

「成功だ。そうだな、あと数日すれば視力を取り戻す」

香蘭の母は深々と頭を下げる。

「さあて、俺にやれることはすべてやった。あとはあんたらの出番だ。家族の絆を見せてくれ」

白蓮がそう言うと、陽新元に眠っている春麗を抱えさせて部屋に戻らせた。

春麗の麻酔は切れたが、彼女は一言も発することはなかった。どのような言葉を投げかけても反応することはなかったのだ。

無論、食事も摂らない。粥を口に近づけても反応することはなかった。

二日間、春麗は水しか口にしなかったが、母親が泣いて懇願すると、水だけは飲んでくれるようになった。言葉も添えてくれるようになったが、彼女の発した第一声はとても儚げだった。

「……尼になりたい」

春麗の父母は娘の達観した言葉に悲しんだが、絶望したりはしなかった。もうひとりの娘、香蘭の目が輝いていたからである。彼女は目を輝かせながら、昼夜問わず、穴を掘り続けていた。

・

三日後——。

春麗の部屋で陽新元とその妻は娘の包帯を凝視する。もう、包帯を取ってもいいと白蓮から聞いたのだ。彼らとしてはまずは自分たちの顔を見せたかった。

母親は春麗に向かって語る。

「春麗、あなたに顔を見せるのはこの家にやってきて以来ね。あのときはまだあなたは目が見えた。弱視だったけど」

「春麗、おまえはもう覚えていないかもしれないが、おまえは私の顔を見て髭が怖いと物陰に隠れてしまったんだ。震えるおまえをなだめすかすのにどれだけ手間取ったか」

「…………」

夫婦の問いかけに反応は薄い。夫妻は白蓮の顔を見るが、彼は「手術は成功している」としか言わなかった。——つまり、視力は回復したが、心までは回復していないと言うことだろう。自分がこの家に、いや、この世界に不要であるという負の感情。それに妹に憎しみを抱いてしまったこと、妹を売ってしまったという事実に耐えられないのかもしれない。いや、耐えられないのだろう。陽春麗はその見た目通り儚げな心をしているのだから。

類い稀な美姫、皇帝の子である陽春麗、新元は恐る恐る娘から包帯を取る。包帯を取ると彼女は目を閉じたままだった。そこから一筋の涙がこぼれ落ちる。

「……ああ、お父様にお母様、申し訳ありません。このように大切に育ててもらったのに、私はその恩を仇で返しました」

「もしも香蘭のことを言っているのならば気にしないでいい。あの娘はおまえを許している」

「優しい香蘭……、あの子ならばそのように言ってくれるでしょう。しかし、私は許せない。自分自身を許すことができない。私のような人間が存在しては駄目なの。私のような人間が幸せになっては駄目なの。——だから私は目を開けません。生涯、盲目のまま過ごします」

「それは駄目だ。せっかく、皆がおまえのために奔走してくれた。死者の身体を使ってまでおまえに視力を取り戻したのだ。一度だけでもいい。その眼で私たちの顔を見ておくれ」

春麗はそれでも頑《かたく》なに首を横に振る。目蓋をぎゅっと閉じる。

「お父様、お母様、それはできません。私の目に闇が差すことはあっても光が差すことはないのです。——後生です。どうか、御願いします。この春麗をこのまま寺にお入れください。尼にしてください。さすれば陽家の幸福と繁栄を生涯祈るだけの人生を送ることができましょう」

春麗は真摯にそのような生き方を願うが、その願いが成就することはなかった。神仏が彼女を拒否したのではない。彼女の妹がその生き方を否定したのだ。

「姉上！　姉上！　どうか、窓の側にきてください」

「………」

大切な妹の声を間違うはずもない。その声が最も大切で最も必要だと知っていたが、だからこそ春麗はその声に従うことができなかった。

目を開けることはできない。返答することはできない。そう自分を戒めるが、その戒めは白蓮によって否定される。

「目を開ける必要はない。尼僧になるのも自由だ。もしもおまえの両親が反対するのならば俺が紹介してやる。――ただし、香蘭の声を無視するな。おまえの妹の声に従ってくれ。それが引き換え条件だ」

「………」

両親はおそらく、春麗を寺院にやるつもりはないだろう。そうなれば頼れるのはこの医者だけ。そう思った春麗は上半身を起き上がらせる。日頃の不摂生が祟《たた》ってか、起き上がるのにも一苦労だったが、母親が甲斐甲斐しく肩を貸してくれたので、窓辺に寄ることができた。春麗は窓の枠に掴まると、香蘭に尋ねた。

「――香蘭、なあに？」

その声、言い方は幼き頃を彷彿《ほうふつ》させる。香蘭もそれに気が付いたようだ。

「懐かしいですね。つい先日までこのように姉上に庭の様子をお伝えするのが習慣でしたのに」

「今までありがとう、香蘭、あなたの優しさには救われていた。でも、もう無理はしないでいいのよ。私は尼になります」

「無理などではないですよ。姉上と一緒に自然の息吹を感じるのが大好きでした。それに姉上は尼にはなりません」

「なぜ、そんなことを」

「私を含め、家族の誰もが姉上と離れたくないからです」

「――私はあなたを売ったのよ。心の闇を抱えているの。それを振り払わないと」

「人間誰しもが闇を抱えています。わたしもです。実はわたしは姉上が羨ましかった。姉上の黒髪が、細面が、羨ましくて仕方なかった。だから姉上を恨んでいた時期もある。両親も神様も贔屓のしすぎだ、と愚痴っていた時期もあるんですよ」

「お互い様ということね。私もあなたを羨んでいた。闊達なあなたを、誰からも愛されるあなたを、あなたになりたいと願っていた」

「…………」

「あまりにも違う性格、あなたに与えられた健常な身体。わたしたちは互いにないものを求め合っていた。表面上は上手くいっていたかもしれないけど、結局、私たちは赤の他人なのよ。──赤の他人は別々に暮らしたほうが幸せになれるわ」

春麗はそう言い切ると白蓮に頭を下げた。

「白蓮様、どうかこのまま私を寺に。ここは私の居場所ではありません」

「なるほど、たしかにそうかもしれない。陽家は読んで字のごとく、陽気なものの集まり。その中でおまえのような陰気な娘は明らかに異分子だ。ここにいればおまえは不幸になるかもな」

「その通りです」

「しかし、ここからおまえがいなくれなればおまえ以外のものが不幸になる。それは看過できないな」

「なにを根拠に。私がいなくなれば皆、幸せになります」

「そうかな」

「そうです。もしも違うというのならば証拠を見せてください」

「いいだろう。ならば俺が目を開け、と言った瞬間、目を開け。その一度、数瞬でいい。そして目の前に広がった光景を見てもなお、自分が不要だというのならば寺にでもどこでも行くがいい」

「約束でございますよ」

春麗は念を押すと、その瞬間がくるのを待った。白蓮はその瞬間が訪れる前に説明を始める。

「おまえの妹、陽香蘭は毎日のようにおまえの部屋に訪れてはおまえに庭の景色を聞かせていたな」

「はい。まるで幼子に語るかのように、事細かに情感豊かに話してくれました」

「そこに愛は感じなかったか？」

「………」

「無言は肯定と受け取るが」

「たしかに愛情は感じていましたが、妹は私を哀れんでくれていたのでしょう。盲《めし》いてろくに外に出られない姉。それを哀れんで仕方なく聞き聞かせてくれたのでしょう」

その言葉に心底呆れながら溜め息をつく白蓮、

「まったく、おまえは肉体的視力だけでなく、心の目まで曇っているのか。そんなんでは寺に行っても鼻つまみものにされるぞ。いいか、はっきりと言ってやる。おまえみたいなやつが暮らせるのは陽家だけだ」

そう言うと白蓮は陽新元のほうに振り向く。

「底抜けに人が好《よ》い父親」

陽新元はその評を黙って受け取る。

「陽気さだけが取り柄のその妻」

香蘭と春麗の母は「まあ」と少し怒りながらその評価を受ける。

「そして――」

と続けると最後に窓の外の香蘭を見る。

「たったひとりの妹――、おまえのためにその手を血と泥で汚した妹、この三人だけがおまえの家族だ。大切にしろ」

「……血と泥」

春麗は目を見開く。意志や思考ではなく、肉体の反応として目を開かせてしまう。あるいはそれこそが妹を愛する証拠、彼女を大切に思う証拠なのかも知れないが、春麗はそのことに気が付かない。しかしそんなことはどうでもいい。白蓮が見せたかったのは眼前に広がる美しい季節だった。

幼き頃に視力をなくして以来、色彩や形とは無縁だった彼女だが、久しぶりに思い出す。この世界が形によって造られていることを。色彩によって彩られていることを。この世界が美しさに満ちあふれていることを。

目を見開くと圧倒的な情報量が春麗の中に飛び込んでくるが、なによりも彼女の心を動かしたのは白い花吹雪だった。世界を真っ白に彩る圧倒的な白であった。

そう、春麗はこの世のものとは思えない〝白〟に包まれたのだ。

それは春麗が幼き頃に見た梅の花だった。幼き頃、妹と一緒に登ったはずの梅の木だった。――もはやないはずの樹木であった。

「そ、そんな……」

春麗はやっとの思いでそれだけを口にすると、なぜ、そこに梅の花があるのか問うた。

しかし、妹はなにも答えてくれなかった。春麗はただただ圧倒され、白い花を見つめる。

辺りに漂う梅の匂いに満たされる。

「先日までこの匂いはしなかったのに……、先日までそこに存在しないはずだったのに……」

春麗がそうつぶやくと、白蓮の横にいた陸晋少年が不思議そうに師の顔を見つめる。

どういうことですか、表情で尋ねた。白蓮は解説する。

「香蘭は姉を慰めるために毎日、嘘をついていたんだよ」

「嘘？」

「そうだ、姉が気落ちしないように日々、天気の話をしたり、自然の話をした。その中でも姉がとりわけ、梅の木の話が好きだったことを知っていたんだ」

「嘘などつく必要はないではないですか、梅の木はそこにあるのですから」

「そうだな。しかし、その木は数時間前まで存在しなかったら、と言ったら？」

「な、そんなわけ、しかとここに木は存在します」

師が神仙ではないことを知っていた陸晋はそのように問うが、香蘭の服と手が泥で汚れていることに気が付き、悟る。

「ま、まさか、香蘭さんはこの短期間で梅の木を植樹したというのですか」

「植樹したというのだよ」

「しかし、そんなことは不可能です」

「この世に不可能はないさ。特にこの国を将来、支配することになる男には」

その物言いに陸晋は「あ……」と気が付く。

「東宮様ですね。東宮様に頼んで梅の木を手配したんですね」

「正解だ。一国の皇太子に掛かれば庭の木を一本植え替えるなど造作もないこと。ふたつ返事で引き受けてくれたよ」

もっとも、と続ける。

「穴を掘るのだけは香蘭がやったようだが」

そう言うと香蘭に近寄り、泥と血にまみれた手を取る。「馬鹿な娘だ……」と事実を述べると、治療をした。

「土は細菌にまみれているというのに。しばらく、診療所には寄りつくなよ」

それは明らかに白蓮の優しさであったが、香蘭は指摘しない。それよりも今、必要なのはこの光景を姉に刻みつけることであった。

「姉上、これがわたしからの贈り物です」

心の奥底、いや、中心から湧き出た素直な言葉を口にすると、自然と涙もこぼれ落ちた。それを見て春麗も涙する。

「……なんて馬鹿な妹」

香蘭の愚直な行動は氷のように固まっていた姉の感情を溶かす。

「──知っていた。知っていたの。梅の木が枯れたことは」

「そうでしたか。隠し通せませんでしたね」

ほろ苦く微笑む。そう、実は梅の木は枯れていた。虫が巣くって無残にも枯れ落ちていた。香蘭は父母に相談すると姉には内密に梅の木を除去した。それが五年ほど前のことだろうか。以来、香蘭は姉に嘘をつき続けた。

「それでもあなたは語ってくれた。問い掛けてくれた。毎日、私の心を慰撫するために梅の木が今も生えているかのように装ってくれた……」

姉上、今日は梅の葉が瑞々《みずみず》しいですよ。

姉上、今日は梅が実を付けましたよ。

姉上、今日は梅がざわついています。

季節折々の話をしてくれた。梅の枝が折れた。梅の木に雀が巣を作った。梅の葉に毛虫が湧いた。一日とて同じ話はしない。香蘭は真摯に嘘を考え続けた。嘘で物語を紡ぎ上げた。春麗はそれに気が付いていたが、指摘はしなかった。妹の嘘があまりにも真剣だったから。あまりにも素敵だったから、騙された振りをしてきた。しかし、ある日、気が付く。そのような妹だからこそ憎く思っていたのかもしれない、と。春麗がごときもののためにそこまでする妹の心理が理解できないからと彼女を遠ざけてしまったのかもしれない、と。春麗は正直に自分の気持ちを話す。それに対しても香蘭はなにもいわなかった。ただ、姉の手を握りしめると一緒に梅の木を見上げ、こう言った。

「わたしたちは似たもの姉妹です」

「そうね、嘘つき姉妹だわ」

「ですね。姉上はわたしが嫌いだと嘘をつき、わたしは姉上に梅の木があると嘘をついた。お似合いの姉妹だと思いませんか？」

「そうかもしれない。――ううん、そうだわ」

「ということはもう尼になるなどとはいいませんか？」

「言わない」

「今後もわたしを妹のように可愛がり、父上と母上を実の両親のように敬ってくれますか？」

「うん、そうする」

春麗がそう言い放つと、堪えきれなくなった母親が泣き始める。

「……春麗、それに香蘭、ああ、私はなんと素晴らしい子を持ったのでしょう」

そう崩れ落ちる。それを見ていた父の陽新元はそっと母の肩に手を添えると、自分たちの娘と抱き合うことを勧める。母はその勧めに黙って従うと、陽家のものはひとかたまりになって愛情を確認しあった。

その光景をじっと見つめる白蓮。陸晋はほろりと涙を滲ませながら師に尋ねた。

「香蘭さんたちを見ていると家族という存在の尊さを改めて感じさせられます」

「そうだな。哲学めいたものを感じてしまうな。あの親子を見ろ。誰ひとり血が繋がっていないんだぞ。だが、あのものたちは家族だ。それ以外のなにものでもなく、それ以上のなにものでもない、〝家族〟なんだ」

白蓮がそう纏めると、一陣の風が吹く。周囲に花が舞い散る。

白い花びらの風もまた陽家のものを祝福しているようであった。

＜初出＞

本書は書き下ろしです。

この物語はフィクションです。実在の人物・団体等とは一切関係ありません。

メディアワークス文庫
宮廷医《きゅうていい》の娘《むすめ》2

冬馬《とうま》 倫《りん》

2020年10月25日　初版発行
2022年5月20日　4版発行

発行者　青柳昌行
発行　株式会社KADOKAWA
〒102-8177　東京都千代田区富士見2-13-3
0570-002-301（ナビダイヤル）
装丁者　渡辺宏一（有限会社ニイナナニイゴオ）
印刷　株式会社KADOKAWA
製本　株式会社KADOKAWA



●お問い合わせ
https://www.kadokawa.co.jp/（「お問い合わせ」へお進みください）
※内容によっては、お答えできない場合があります。
※サポートは日本国内のみとさせていただきます。
※Japanese text only

※定価はカバーに表示してあります。


Printed in Japan
ISBN978-4-04-913506-0 C0193

メディアワークス文庫　https://mwbunko.com/

本書に対するご意見、ご感想をお寄せください。
あて先
〒102-8177　東京都千代田区富士見2-13-3
メディアワークス文庫編集部
「冬馬 倫先生」係